www.tredition.de

AF216736

www.tredition.de

© 2016 Letizia Raufenstein

Verlag: tredition GmbH, Hamburg

ISBN

Paperback:	978-3-7345-8506-7
Hardcover:	978-3-7345-8507-4
e-Book:	978-3-7345-8508-1

Printed in Germany

Letizia Raufenstein

Es war eine andere Zeit

von Marie Luise Blumenstein

Inhaltsverzeichnis

Es war eine andere Zeit

Ich heiße Marie Luise, geborene Blumenstein, und wurde vor 90 Jahren am 09.01. 1927 geboren. Obwohl mein Sehvermögen schon sehr nachgelassen hat, habe ich mich von meiner Tochter dazu animieren lassen, meine Geschichte aufzuschreiben. Denn wenn ich es nicht dokumentiere, geht das Wissen über mein vergangenes Leben und die damaligen Lebensumstände verloren. Meine 2 Kinder, 5 Enkelkinder und 4 Urenkelkinder können so erfahren wie es früher – im letzten Jahrhundert – einmal war. Ich habe sehr viel erleben dürfen in meinem langen Leben. Auf den folgenden Seiten erzähle ich von meiner Kindheit und Jugendzeit, die ich in einem kleinen hessischen Dorf verbrachte. Wie ich später als junge Frau meine große Liebe kennenlernte und meine Kinder kamen. Dann zogen wir in eine Großstadt und meine Kinder wurden erwachsen.

Ich wünsche Euch viel Spaß beim Lesen.

90 Jahre

Es ist ein wunderschöner Wintertag, kalt und sonnig. Am bayerisch blauen Himmel ziehen kleine Wölkchen dahin und die Kondensstreifen eines Flugzeugs sind zu sehen, erst schmal und dann immer breiter, bis sie sich verteilt haben und verschwinden.

Ich kann es kaum glauben, heute ist mein neunzigster Geburtstag. Mit dieser Zahl kann ich nichts anfangen. Wenn ich darüber nachdenke, was es bedeuten könnte, so fällt mir meine körperliche Verfassung ein. Ich bin geistig noch ziemlich fit, darüber bin ich sehr froh. Allerdings merke ich, dass vieles langsamer wird. Genau genommen wird das gesamte Leben mit zunehmendem Alter langsamer und weniger: weniger sehen, weniger hören, weniger laufen können, weniger Kraft haben usw. Aber das ist nicht schlimm, man muss sich darauf einstellen und sich arrangieren mit dem eigenen Körper. Nur blöd ist, wenn man fast nichts mehr sehen kann, dann wird die Organisation des eigenen Lebens schwierig.

Heute wollen wir feiern. Mein Sohn hat ein schönes, gemütliches Lokal für uns ausgesucht und ich freue mich sehr, meine Familie, meine Kinder, Enkelkinder und Urenkelkinder wiederzusehen

Unsere Familienfeiern waren schon immer lustig und locker, mit gutem Essen und Trinken. Wenn ich zurückblicke, gab es sehr viele schöne Feste die wir gefeiert haben. Die sommerlichen Grillpartys im Garten, Geburtstagsfeiern, Weihnachtsfeste, traditionell mit großem Weihnachtsbaum, Geschenken und der beliebten Weihnachtsgans und Silvesterpartys mit Feuerwerk.

Allerdings habe ich bisher nur einen neunzigsten Geburtstag gefeiert und das war der des Urgroßvaters meiner Kinder, als wir noch in Quentel wohnten, vor ca. sechzig Jahren. Nun darf ich meinen neunzigsten Geburtstag feiern.

Mein Elternhaus

Mein Geburtsort Günsterode war ein kleines Dorf in Hessen, im Landkreis Melsungen.

Als ich ein Kleinkind war, sind meine Eltern Anna und Konrad Blumenstein von Günsterode nach Quentel (der Ort wurde1321 erstmals urkundlich erwähnt), einem Dorf das nicht weit entfernt war, umgezogen. Mein Großvater war in finanzielle Not geraten und sein Bauernhaus war von der Zwangsversteigerung bedroht. Unglückliche Umstände hatten zu dieser Situation geführt, aus der er alleine keinen Ausweg fand, deshalb wollte mein Vater helfen. Mein 13 Jahre älterer Bruder war schon ausgezogen und machte eine Lehre in einem anderen Dorf. So zogen meine 4 Jahre ältere Schwester und ich mit den Eltern um.

Mein Großvater Konrad Blumenstein und mein Vater, der genauso hieß, waren beide Hausschreiner. Zu dieser Zeit wurden die Erstgeborenen Söhne nach den Vätern genannt und sie erlernten auch das Handwerk der Väter.

Die Hausschreiner fertigten damals für die neu gebauten Bauernhäuser, die meistens Fachwerkhäuser waren, die Dielen für die Fußböden und erstellten Fenster, Türen und Haustüren. Für die Reparaturen an alten Häusern waren sie auch zuständig und so gab es für die Schreiner immer was zu tun.

Die ganze Familie musste früher auf dem Bauernhof mitarbeiten. Meine Mutter, meine Schwester und ich machten die Hausarbeit und kochten. Mein Vater war zuständig für die Feldarbeit und alle Arbeiten, die für seine Frau und uns Mädchen zu schwer waren.

Das Fachwerkhaus meines Großvaters war typisch für die damalige Zeit. Es war sehr groß, mehrgeschossig, mit Wohnteil, Stall und Scheune, Keller und Werkstatt. Der große Dachboden erstreckte sich über die ganze Hausbreite. Im Erdgeschoss befand sich der Stall, der einen Zugang von außen hatte aber auch innen vom Treppenhaus betreten werden konnte. Im Stall standen mehrere Kühe nebeneinander mit dem Kopf zur Wand mit den Futtertrögen und einem Fenster. Die Einstreu war aus Stroh, damit die Kühe trocken standen. Im hinteren Teil gab es den abgetrennten Schweinestall, der Platz für mehrere Schweine bot. Abgetrennt im Stall gab es ein Plumpsklo für die Menschen. Wobei sowohl die Hinterlassenschaft der Kühe und Schweine als auch die der Menschen direkt in die Jauchegrube floss, die sich in der Erde vor dem Haus befand. Die

Jauchegrube war ein großes, viereckiges, tiefes Loch, das abgedeckt war. Eine große Pumpe ragte oben heraus. Die wurde mit einem langen Hebel (Schwengel) bedient. Die Männer mussten sich sehr anstrengen beim Auspumpen der stinkenden Brühe, die über ein langes Rohr in ein Fass gepumpt wurde, das auf einem Leiterwagen lag. Kühe zogen zweimal im Jahr das Gespann auf die Felder und Wiesen, wo die Jauche verteilt wurde.

Das Stroh und Heu auf dem die Schweine und Kühe standen, wurde beim Ausmisten auf dem Haufen vor dem Stall aufgetürmt, solange, bis es im Herbst und Frühjahr auf die Felder gefahren und verteilt werden konnte.

In der Mitte des Hauses befand sich der Hauseingang mit dem Treppenhaus und auf der rechten Seite des Hauses die Scheune. In deren oberem Bereich, also auf dem Dachboden, wurden Heu und Stroh für die Tiere gelagert. Ebenerdig standen die landwirtschaftlichen Geräte, wie der große Leiterwagen aus Holz, der Pflug, der von einer Kuh oder einem Pferd gezogen werden musste und weitere landwirtschaftliche Geräte. Die Räder des großen Leiterwagens waren, wie der gesamte Leiterwagen, aus Holz. Sie hatten außen um das Rad einen eisernen Reifen, damit das Holz nicht so schnell abgefahren wurde und somit viel länger hielt.

Die Scheune und der Dachboden waren sehr interessant für uns Kinder. Hier konnten wir verstecken spielen und herumklettern, obwohl es gefährlich und natürlich verboten war.

Über das Treppenhaus kam man in den ersten Stock, wo sich die große Wohnküche befand.

Der altertümliche große Küchenherd stand an der Wand und das lange Ofenrohr streckte sich nach oben, machte einen rechtwinkligen Knick und verschwand im Schornstein.

Der Herd, der außen weiß emailliert war, hatte verschiedene Funktionen. Das Essen wurde auf dem großen Eisenfeld gekocht. Das bestand aus 4 runden Kochstellen mit Eisenringen, die man einzeln herausnehmen konnte. An der Seite des Kochfeldes war einen Tank, in dem Wasser erhitzt wurde. Außerdem gab es einen Backofen, wo Kuchen gebacken und der Sonntagsbraten gebrutzelt wurde. Damit man sich nicht an dem Herd verbrannte, war an den Seiten und vorne eine Messingstange angebracht, die sich auch prima zum Aufhängen der Handtücher eignete. Es gab vier Ofentüren an der Vorderseite des Herdes. Die oberste zur Feuerstelle, in der Mitte die für den Aschekasten und drunter die zum Fach für Holz usw. Daneben befand sich der große Backofen. Diese alten Öfen waren Multitalente, denn man konnte sie mit allem, was brannte, befeuern: Holz, Kohlen und andere Sachen, die weg mussten, denn es gab ja keine Müllabfuhr.

Die Küche war der beliebteste Raum für die ganze Familie, denn es war immer warm und man konnte zuschauen, wie die Mutter das Essen kochte. Meine 4 Jahre ältere Schwester und ich mussten natürlich helfen. Kartoffeln schälen,

Gemüse putzen usw. wurde am großen, hölzernen Küchentisch erledigt. Die Messer holten wir aus der großen Schublade unter der Tischplatte. Dort war auch das gesamte Besteck, das man brauchte, untergebracht. Geschirr, Töpfe und Schüsseln standen im Küchenschrank. Unten drin, hinter zwei großen hölzernen Schranktüren, standen die großen Schüsseln und Töpfe und im schmaleren oberen Teil des Küchenbuffets, hinter Glastüren, die Tassen, Teller und kleinen Schüsseln.

Ach ja, ein Sofa war auch in der Küche und zwar hinter dem Esstisch, damit der Hausherr seinen Mittagsschlaf halten konnte oder die Kinder darauf herumhüpfen konnten, wenn es keiner sah.

Arbeiten im Alltag

Einmal in der Woche wurde die Wäsche gewaschen. Das war sehr anstrengend, denn es gab keine Waschmaschinen und so musste alles mit den Händen gemacht werden. In jedem Haus gab es eine Waschküche, die für verschiedene Arbeiten genutzt wurde. Ein großer gemauerter Ofen mit einem runden, emaillierten Kessel stand in der Ecke des Raumes. Der Kessel wurde mit Wasser gefüllt und meist mit Kohle geheizt. Die schmutzige Wäsche wurde vorher in Zinkwannen eingeweicht, damit sich der Schmutz löste. Nach zwei bis drei Tagen wurde sie dann im Kessel mit Waschpulver so lange erhitzt bis sie einigermaßen sauber war. Ein langes flaches Holz diente zum Bewegen der Wäsche, damit der Schmutz leichter rausging. Mit diesem langen Holz holten die Frauen dann die noch heiße Wäsche aus dem Kessel und warfen sie in die Zinkwannen. Dort wurden die einzelnen Teile solange auf einem Waschbrett hin und her gerubbelt, bis der restliche Schmutz raus war.

Es folgte das Ausspülen mit kaltem Wasser, um die Lauge zu entfernen. Zum Schluss wurde die nasse Wäsche zum Trocknen im Garten auf Leinen gehängt. Jetzt mussten wir aufpassen, dass es nicht regnete, denn dann mussten wir alle rennen, um die Wäsche reinzuholen, damit sie nicht wieder nass wurde. Gebügelt wurde dann abends nach der Arbeit.

Die Kühe und Schweine wurden täglich zweimal gefüttert und ausgemistet. Die Kühe mussten morgens und abends gemolken werden; das lernten wir Mädchen früh und mussten oft melken.

Den Gemüsegarten neben dem Haus haben wir Frauen im Frühjahr umgegraben und Samen in die Beete gestreut, damit wir Gemüse, Gurken und Salat ernten konnten. Es gab verschiedene Sträucher mit Stachelbeeren, Johannisbeeren, Brombeeren und Himbeeren. Sobald die ersten Beeren reif waren, liefen wir Mädchen heimlich in den Garten und naschten von den süßen Früchten. Wenn es Zeit zur Ernte war, gab es wieder sehr viel zu tun für uns. Wir mussten die Beeren von den Sträuchern zupfen, dann wurden sie am Brunnen gewaschen und in großen Töpfen kochte Mutter leckere Marmelade.

Im großen Garten standen Apfelbäume, Zwetschgenbäume, Birnbäume und Kirschbäume. Die Zwetschgen schmeckten prima, machten aber viel Arbeit. Jede musste aufgeschnitten werden, um den Kern rauspulen zu können. Sie wurden in Einweckgläser gefüllt, mit Zuckerwasser und Zimt aufgefüllt und in großen Kesseln gekocht. Dadurch wurden die Zwetschgen schön weich und haltbar. Wir hatten dann im Winter, wenn es kein frisches Obst und Gemüse gab, immer tolles Zwetschgenkompott. Das Gleiche machten wir mit den Äpfeln und Birnen. Das ging aber auch nicht schneller, denn sie mussten erst geschält und dann zerschnitten werden. Wenn es viele Äpfel gab, fuhren wir die mit dem Handwagen zu einem Bauern, der eine Obstpresse hatte und aus den Äpfeln wurde leckerer Apfelsaft.

Die Hühner und Hasen mussten wir füttern und deren Ställe ausmisten. Die Eier brauchten wir ja zum Kochen und backen. Die Hasen wurden vor den Feiertagen geschlachtet und wurden zum Festtagsbraten.

Auch unser Brot haben wir selber gemacht. Der Brotteig wurde in großen Holzmolen angesetzt, damit er aufgehen konnte. Wenn sich die Teigmenge verdoppelt hatte, formten wir Brotlaibe, die außen herum nochmal mit Mehl bestäubt und eingeschnitten wurden. Auf großen Holzbrettern trugen wir sie zum Backen in das Gemeinschaftsbackhaus, das im Dorf von allen genutzt wurde.

Es war eigentlich ein Backhäuschen, zwei Meter breit und drei Meter lang, aus Stein gebaut mit einem Ziegeldach, ohne Fenster und mit einer Holztür. Öffnete man die Tür, die einen breiten Metallriegel hatte, stand man in einem schmalen Raum und schaute auf die halbrunde Backofentür und dahinter auf die Öffnung des Ofens selbst, der ebenfalls aus Stein gemauert war. Einmal in der Woche gab es dann dieses wunderbare, leckere, frische Brot zum Essen.

So hatte die ganze Familie jeden Tag sehr viel zu tun, um das tägliche Essen und Vorräte für den Winter zu haben.

Unser Dorf

Das Dorf Quentel lag in einer Talsenke. Die gepflasterte Dorfstraße (Quellentalstraße) lief fast gerade durch das ganze Dorf, vom ersten bis zum letzten Haus. Ziemlich in der Mitte lag der Dorfplatz, auf dem eine große alte Linde ihr Blätterdach ausbreitete. Rund um den Stamm der Dorflinde gab es eine Holzbank, auf der sich Jung und Alt ausruhen konnten. Die Kinder spielten Fangen und rannten vor Freude schreiend um die dicke Linde herum.

Vom Dorfplatz führte eine schmale, gepflasterte Straße in das Hintere Dorf, vorbei an der alten Dorfkirche und dem Pfarramt, einem großen alten Fachwerkhaus, in dem auch der Pfarrer mit seiner Familie wohnte.

Die kleine, sehr alte Kirche war ein einfacher Bau mit einem Fundament aus dicken, grauen Steinen und einem Kirchenschiff aus Fachwerk. Die Kirchenfenster reichten vom Fundament bis fast zum Dach und schienen vom Fachwerk eingerahmt zu sein. Der Kircheneingang war eine sehr massive alte Holztür, durch die man in das schmucklose Innere gelangte. Es war eine evangelische Kirche ohne Prunk, mit alten Holzbänken und einer Empore, auf der sich die Orgel befand. Ein kleiner, einfacher Altar aus Stein und ein Taufbecken standen neben der Kanzel im vorderen Bereich. Darüber hing ein großes Holzkreuz, das mit seiner Einfachheit die Stirnseite des Kirchenschiffs dominierte. In der Adventszeit wurde die Kirche mit grünen Zweigen geschmückt Eine wunderschöne alte Weihnachtskrippe mit Maria und Josef, Esel und Kuh und natürlich dem Jesuskind in der Holzkrippe faszinierten mich als kleines und als großes Mädchen. Wenn ich mit meiner Familie am Heiligen Abend in den Weihnachtsgottesdienst ging, war ich überwältigt von dem großen, leuchtenden Weihnachtsbaum, der den vorderen Bereich der Kirche in ein warmes Licht tauchte. Die flackernden Kerzen erzeugten Schatten an den Wänden, die sich bewegten. Rote und goldene Weihnachtskugeln, Strohsterne und Engelsfiguren wurden vom Kerzenschein in ein geheimnisvolles Licht gehüllt und ließen mich stumm und andächtig werden. In der Kirche war es kalt, denn sie wurde nicht geheizt, aber mir schien als würde das Licht der Kerzen die ganze Kirche erwärmen.

In der Nähe des Dorfplatzes konnte man im Kramerladen alles kaufen, was man zur damaligen Zeit brauchte. Wenn wir Kinder Geld bekamen, was sehr selten war, holten wir uns dort Süßigkeiten und genossen diese Leckereien sehr.

Zwei kleine Metzgerläden versorgten die Leute mit Fleisch und Wurst. Allerdings schlachteten viele Bauern selbst.

Ein Forstamt gab es im Oberen Dorf. Dort wohnte der Förster mit seiner Familie in einem großen Fachwerkhaus, dessen Holzbalken und Fensterläden grün gestrichen waren.

Drei Gastwirtschaften waren über das Dorf verteilt. Alle hatten einen großen Saal, wo die Feste gefeiert wurden. Familienfeste wie Hochzeiten, das Erntedankfest oder Kirmes waren sehr beliebt und gut besucht. Hier konnten sich die Jungen treffen, tanzen und vielleicht den Partner fürs Leben kennenlernen. Die Alten schauten zu und erzählten sich Geschichten aus alten Zeiten oder den neuesten Tratsch aus dem Dorf. Denn es gab ja weder Fernsehen noch Radio zu dieser Zeit, selten eine Zeitung und Bücher gab es beim Lehrer oder beim Pfarrer.

Wollten die Leute tanzen, brauchten sie Musikanten, die aufspielten. Und so waren natürlich alle Männer, die ein Musikinstrument spielen konnten, sehr gefragt.

Meine Mutter

Als ich sechs Jahre alt war, kam ich zur Schule. Meine Mutter brachte mich zur Einschulung in unsere Dorfschule am anderen Ende des Dorfes. Ich war sehr neugierig und freute mich, dass meine Mutter mich brachte. In dem großen Schulhaus - es war ein großes Steingebäude mit sehr großen Fenstern und breiten Treppen vor dem Eingang - wohnten oben zwei Lehrer mit ihren Familien. Im Erdgeschoss gab es zwei Klassenräume mit Schreibpulten, Holzbänken, die mit einer Schreibfläche verbunden waren. In einem Raum wurde die erste bis vierte Klasse gemeinsam unterrichtet und im anderen Klassenzimmer die fünfte bis achte Klasse, jeweils von einem Lehrer. Geheizt wurden die Klassenzimmer mit Holzöfen. Die Schüler mussten das übernehmen: Holz holen und in den Kanonenofen werfen. Wer nahe am Ofen saß, dem wurde zu heiß und die Kinder am Fenster haben gefroren. Wir Kinder hatten Spaß in der Schule. Für die Lehrer war es sicher nicht einfach, vier Klassen gleichzeitig zu unterrichten.

Meine Mutter war eine schmale, zierliche Frau und sie war häufig krank. Die schwere Arbeit im Haus und auf dem

Feld waren zu viel für sie, aber die Arbeit musste gemacht werden. Sie war eine liebevolle Mutter und verwöhnte uns Mädchen, wo sie konnte. Eine prima Köchin war sie auch und vor allem Ihre Festtagsbraten waren sehr lecker und wir freuten uns sehr, wenn Feiertage waren.

Unsere Mutter wurde krank. Aus einer Grippe wurde eine Lungenentzündung. Das war zu dieser Zeit lebensgefähr-lich, denn es gab noch kein Penicillin, um solche schweren Krankheiten heilen zu können. Am neunten Tag war die Krise der Krankheit. Mutter war zu schwach und starb. Ich war erst sechs Jahre alt und meine Schwester war zehn. Der Verlust unserer Mutter war für uns Kinder unfassbar, wir waren sehr traurig und fühlten uns hilflos. Wie schlimm es wirklich war, keine Mutter mehr zu haben, erfuhren wir in den nächsten Jahren.

Nun war unser Vater mit uns Kindern, den Tieren und der Landwirtschaft alleine und musste alles schaffen. Zur Trauer kam die viele Arbeit und meine Schwester und ich mussten helfen, wo es ging. Wenn Erntezeit war oder das Heu gemacht werden musste, konnten wir nicht zur Schule gehen, denn sonst hätte unser Vater die Arbeiten nicht al-leine geschafft. Mir war das egal, denn ich ging gerne mit meinem Vater aufs Feld oder versorgte die Tiere. Aber es war klar, Vater brauchte wieder eine Frau für die Arbeit im Haus und Garten und fürs Feld.

Die Stiefmutter

Die Verwandten und Bekannten wollten unserem Vater helfen und suchten für ihn eine neue, passende Frau. Wir Kinder bekamen davon nicht viel mit, denn das machten die Erwachsenen unter sich aus.

Als das Trauerjahr vorüber war, heiratete unser Vater wieder. Zuerst dachten wir, dass es nun besser würde und wir nicht mehr so viel im Haushalt und auf dem Feld arbeiten müssten. Aber es dauerte nicht lange, bis uns die Stiefmutter klargemacht hatte, dass sie uns nicht mochte. Sie schimpfte ständig und schlug uns bei jeder Gelegenheit. Sie war ungerecht und gemein. Sie wollte unseren Vater, aber uns wollte sie nicht und das zeigte sie uns bei jeder Gelegenheit. Für meine Schwester und mich gab es nur Hiebe aber keine Liebe. Da unser Vater viel arbeitete, bekam er nicht mit, wie sich die Stiefmutter verhielt.

Dann bekam die Stiefmutter eine Tochter und es wurde noch viel schlimmer. Wir hatten uns auf das Schwesterchen gefreut, dachten, wir könnten dann mit dem Baby spielen. Das aber ließ die Stiefmutter nicht zu. Wir mussten noch mehr arbeiten, denn nun kümmerte sie sich um ihr Kind.

Wenn mein Vater im Winter keine Schreinerarbeiten hatte, ging er in das Nachbardorf Fürstenhagen, um dort im Sägewerk zu arbeiten. Das war nötig, denn das Geld war immer knapp. Er lief frühmorgens los und kam erst spät am Abend nach Hause. Der Weg ins nächste Dorf war anstrengend, denn er musste die steil ansteigende Schotterstraße hinauf und dann noch einige Kilometer laufen. Es gab keine Möglichkeit zu fahren. Ein Auto hatten wir nicht und andere Verkehrsmittel gab es nicht. Die Leute mussten laufen oder konnten bei gutem Wetter mit dem Fahrrad fahren.

Wir waren mit der Stiefmutter den ganzen Tag alleine und mussten tun, was sie verlangte. Eines Nachmittags waren wir im Wohnzimmer. Es war gemütlich, in unserem Kachelofen brannte das Holz und die Wärme strahlte in den Raum. Die kleine Schwester saß auf dem Fußboden und spielte mit Holzklötzchen. Die Stiefmutter bügelte auf dem Tisch die Wäsche mit einem alten, schweren Bügeleisen mit Holzgriff. Das Eisen wurde auf den Herd gestellt, damit es heiß wurde. Dann wurde damit so lange gebügelt, bis es abgekühlt war und man es wieder auf den Herd stellte. Bügeln war sehr anstrengend, das Leinen musste, wenn es zu trocken war, mit Wasser angefeuchtet werden.

Stellte man dann das heiße Eisen darauf, zischte und dampfte es so lange, bis der Stoff trocken und glatt war.

Meine Schwester und ich saßen auf der Ofenbank und spielten. Die Stiefmutter befahl mir, aus dem Schuppen Holz zu holen für den Kachelofen. Ich stand nicht sofort auf und wollte erst noch weiterspielen. Die Stiefmutter wurde so wütend, dass sie mich anschrie und beschimpfte. Ich hielt die Hände vors Gesicht, weil ich wusste, dass sie mich wieder schlagen würde. Das machte sie noch zorniger und sie schlug mir das heiße Bügeleisen an den Kopf. Ich fiel auf den Boden, das Blut lief aus der Wunde und tropfte auf meine Schultern. Meine Schwester war sehr erschrocken und hatte Angst, sie konnte mir auch nicht helfen. Ich weinte laut vor Schmerzen, stand auf und rannte aus dem Haus.

Meine Cousine hatte in einen Bauernhof in der Nähe eingeheiratet und ich lief weinend und blutend durch das Dorf zu ihr. Sie bekam einen Riesenschreck als sie mich so sah, nahm mich an der Hand und wir gingen zum Lehrer. In unserem Dorf gab es keinen Arzt, der nächste war viele Kilometer entfernt und zu Fuß nicht erreichbar. Der Lehrer war nach dem Pfarrer die höchste Respektsperson im Dorf und

Anlaufstelle bei Problemen. Leider war der Lehrer unterwegs, aber seine Frau hat mich liebevoll versorgt. Sie säuberte die Wunde und legte einen Verband an, um die Blutung zu stoppen. Ich erzählte ihr was passiert war. Sie war entsetzt über die Brutalität meiner Stiefmutter. Vor Erschöpfung schlief ich auf dem Sofa ein und erlebte im Traum nochmal das entsetzliche Ereignis

Am Abend, als mein Vater von der Arbeit heimgekommen war, ging mein Lehrer mit mir nach Hause. Er erzählte meinem Vater was passiert war; meine Stiefmutter hatte es ihm verschwiegen. Mein Lehrer stellte sie zur Rede und machte ihr klar, dass er sie wegen Kindesmisshandlung anzeigen würde, wenn sie mich noch ein einziges Mal schlagen würde. Ich war so froh, dass mein Lehrer mir half. Mein Vater tröstete mich, denn es tat ihm unglaublich leid, was die Stiefmutter mir angetan hatte. Er war ein guter Vater, zwar streng aber auch lieb. Als meine Schwester und ich in unserer Kammer im Bett lagen, hörten wir Vater mit der Stiefmutter streiten. Er brüllte sie an und drohte, sie rauszuwerfen, wenn sie uns noch einmal schlagen würde.

Adventszeit und Weihnachten

Es war Samstag, Vater war zu Hause und wollte schon mal für Weihnachten was erledigen. Er sagte zu mir: „Heute gehen wir in den Wald und holen uns einen schönen Weihnachtsbaum". Ich freute mich auf den Spaziergang mit meinem Vater, das würde bestimmt prima werden. Der Wald war nicht weit entfernt, wir mussten nur hinter unserem Haus den Hügel hochlaufen. Da standen viele kleine und größere Tannen. Wir schauten hier und da und fanden einen sehr schönen, mittelgroßen Baum, den wir gleich nach Hause trugen. Vater nahm das schwere Teil und ich die Spitze. Wir stapften durch den verschneiten Winterwald, der Schnee glitzerte auf den Zweigen und die Äste der Bäume bogen sich nach unten von der Last des Schnees. Ich fühlte mich wie im Märchenwald und wartete darauf, dass Fabelwesen aus den Büschen kommen würden. Angst hatte ich nicht, denn mein Vater ging vor mir her und ich lief sicher hinter ihm in seinen Fußspuren. Zu Hause angekommen stellte Vater den Tannenbaum in die Scheune, nachdem er ihn vor dem Haus einige Male auf den Boden gestampft hatte, damit der Schnee abfiel. Ich schüttelte mich auch wie ein kleiner Hund, um den Schnee loszuwerden.

Am Tag vor Heiligabend schmückte die ganze Familie den Baum. Vater hatte ihn schon im eisernen Weihnachtsbaumständer aufgestellt. Zuerst klemmten wir die glänzenden, goldenen und silbernen Kerzenhalter mit weißen und roten Wachskerzen an die Zweige. Das war nicht so einfach, denn der Zweig musste dick genug sein, um das Gewicht zu tragen, sonst hing der Kerzenhalter schief und das Wachs würde runterlaufen. Die bunten Glaskugeln waren wunderschön und sehr unterschiedlich. Sie hatten verschiedene Muster und waren teilweise mattiert. Goldene Ketten aus kleinen Kügelchen hängten wir über die Zweige. Vater schmückte ganz oben, denn er war der Größte und hatte lange Arme. Er steckte die große, silbern glänzende Weihnachtsbaumspitze auf den obersten Zweig. Meine Schwester durfte in der Mitte schmücken und ich im unteren Bereich, weil ich ja nicht nur die Jüngste sondern auch die Kleinste war. Ich hatte so viel Freude und fand es toll, dass wir alle zusammen etwas tun konnten. Mein Lieblingsschmuck waren die bunten, wippenden Vögelchen aus Metall. Sie hatten lange Federschwänzchen, Flügel und rote

Schnäbelchen. Teils matt, teils glänzend waren ihre schlanken Vogelkörper für mich das Schönste. Auch selbstgebackene Plätzchen und Lametta hängten wir auf. Zum Schluss überzogen wir den Baum mit seidenweichem, durchsichtigem Engelshaar. Das machten wir gemeinsam, ganz vorsichtig, damit nichts runterfiel und alles schön bedeckt war. Gemeinsam betrachteten wir unser Werk und fanden den Weihnachtsbaum wunderschön.

Endlich war es Heilig Abend. Es hatte die Nacht davor geschneit, das ganze Dorf lag unter einer weißen Schneedecke. Auf der Hauptstraße sah man Spuren im Schnee, von den Dorfbewohnern und von einem Gespann. Wer mag da wohl unterwegs gewesen sein? Aus den Schonsteinen stiegen Rauchwolken in die klare Luft und der Geruch von verbranntem Holz lag über dem Dorf. Abends gingen wir zusammen durchs Dorf, vorbei an den beleuchteten Häusern mit den geschmückten Fenstern. Zur Dorfkirche war es nicht weit. Wir setzten uns vorne in eine Bank, nahe an den mit roten Kerzen geschmückten, riesengroßen Weihnachtsbaum. Der Pfarrer ging nach vorne zum Altar, es wurde ganz ruhig und feierlich in der vollen Kirche und der Gottesdienst begann. Ich saß neben meinem Vater, nahm seine Hand und fühlte mich geborgen. Ich war fasziniert vom Schein der Kerzen, die Lichtersterne in den Baum zauberten. Die goldfarbenen Strohsterne bewegten sich ganz leicht durch das Flackern der Kerzen und es schien als würden sie tanzen.

Zu Hause gab es das leckere Weihnachtsessen und danach dann endlich die Bescherung. Die Geschenke lagen unter dem Weihnachtsbaum. Wir sangen Weihnachtslieder und bestaunten unseren wunderschönen Baum, der durch den Kerzenschein den Christbaumschmuck strahlen und funkeln ließ. Meine Schwester und ich packten die Geschenke aus. Es waren Kleidung für die Schule und den Alltag und neue Schuhe, die wir dringend brauchten. Am meisten freute ich mich über die neue Tafel mit dem Griffel und dem kleinen Schwämmchen, das an einer Schnur hing.

Meine Schwester Liesel und ich waren sehr traurig, unsere Mutter fehlte uns so sehr. Wie schön war es früher als sie noch lebte. Wir gingen in unsere Schlafkammer, räumten die Geschenke in den Schrank und gingen ins Bett. Immer noch betrübt, redeten wir noch eine Weile miteinander über Mama und schliefen dann ein.

Mein Vater hatte etwas mit meinem Patenonkel zu besprechen und ich durfte ihn begleiten. Meine Godel (Patentante) und der Onkel wohnten mit ihrer Familie im Nachbardorf Günsterode. Sie bewirtschaften einen Bauernhof mit Gastwirtschaft. Die Gäste waren meist Männer, die nach der Arbeit in die Wirtschaft kamen, um Karten zu spielen, zu trinken und zu rauchen. Im Eck neben dem großen alten Kachelofen stand der viereckige Stammtisch mit verkratzter Holzplatte und alten Bänken mit Rückenlehnen. Der Schankraum war düster, denn die kleinen Fenster mit den Fensterkreuzen ließen nicht viel Licht herein. Die Deckenbalken waren dunkel und auch die Holzwände sahen verräuchert aus. Das Holz des Fußbodens war vom Putzen stumpf und grau, so dass man den neuen Dreck eigentlich nicht sehen konnte. Mein Vater und mein Patenonkel machten es sich an einem Tisch beim Fenster gemütlich und ich lief in die Küche zur Tante und spielte dann mit den Kindern.

Es war später Abend als wir uns auf den Heimweg machten. Der Mond beleuchtete unseren Weg, der uns durch den Wald und über Feldwege führte. Mein Vater nahm mich an der Hand und sagte: „Schau wir haben Vollmond! Siehst

Du im Mond den Mann mit dem Reisigbündel?" Ich schaute hinauf zum Mond, betrachtete ihn sehr genau und tatsächlich, ich erkannte einen Mann mit einem Reisigbündel! Es war wie in einer Märchenwelt, wir konnten durch den hellen Schein die Umgebung des Waldes gut erkennen.

Vor einem Köhlerhaufen blieben wir stehen, er qualmte und kleine rotglühende Punkte waren zu sehen. Mein Vater erklärte mir, dass hier Holzkohle gebrannt wurde.   Der Köhler hatte das Buchenholz in langen Holzscheiten hochkant gestapelt, Glut unter das Holz gelegt und den ganzen Haufen mit Erde abgedeckt. Das darf nur der Köhler machen, der hat das gelernt, denn es gibt einiges zu beachten. Er muss die ganze Zeit aufpassen, dass der qualmende Haufen nicht anfängt zu brennen, denn dann wäre die ganze Arbeit umsonst gewesen, weil es keine Holzkohle mehr geben würde. Komisch, ich sah aber keinen Köhler. War er vielleicht in der Holzhütte dort drüben und schlief?

Wir gingen weiter durch den Wald und über die Feldwege und waren bald zu Hause. Ich fiel todmüde in mein Bett und schlief sofort ein. Im Traum sah ich den Mann mit dem Reisigbesen und überlegte, wie heiß es wohl in dem Köhlerhaufen war.

Winterferien

Weihnachten und Neujahr waren vorbei. Die Erwachsenen mussten wieder arbeiten und die Kinder hatten noch Weihnachtsferien. Wir hatten Zeit zum Spielen und Toben. Es schneite viel und es war kalt. Als die Sonne schien, holten meine Schwester und ich unsere Holzschlitten vom Dachboden und gingen zum Rodeln. Meine Schwester hatte sich mit Schulfreunden verabredet und wir trafen uns im Gelände. Hier war unsere Schlittenbahn. Das war ein Weg zwischen zwei Feldern, der steil bergab ging, am Ende eine scharfe Kurve an Apfelbäumen vorbei machte und auf einem Feld endete. Die Sonne ließ den Schnee glitzern und wärmte uns. Die Mädchen setzten sich auf ihre Schlitten und fuhren kreischend und lachend, so schnell es ging, den Weg hinunter. Die Jungs legten sich mit dem Bauch auf den Schlitten und lenkten und bremsten mit den nach hinten gestreckten Füßen. Unten angekommen, diskutierten sie, wer schneller war und rannten den Berg hinauf, um wieder runterzufahren. Die Jungs machten es zum Wettkampf und die Mädels kicherten und freuten sich.

Plötzlich erstarrten alle. Lautes Schreien und Weinen war zu hören. Einige Kinder liefen zur Kurve mit den Apfelbäumen und sahen ihren Freund dort liegen. Der schrie vor Schmerzen, seine Hose war voller Blut und es ragte ein Stück Holz von seinem Schlitten aus seinem Bein. Die Kinder waren entsetzt, einige Mädchen fingen an zu weinen und wussten nicht, was sie machen sollten. Der arme verletzte Junge konnte sich nicht bewegen, er steckte fest in dem kaputten Schlitten. Die Jungs einigten sich schnell und zwei liefen, so schnell sie konnten, ins Dorf, um Hilfe zu holen. Das dauerte natürlich. Endlich kam die Dorfschwester, um den Jungen schon mal zu versorgen, später kam ein Arzt mit dem Krankenwagen und der Bub wurde ins Krankenhaus gebracht. Wir gingen alle traurig und mit Sorge um den Freund nach Hause. Für mich war das ein sehr schlimmes Erlebnis, an das ich lange denken musste. Der Junge musste mehrere Wochen im Krankenhaus bleiben, dann war sein Bein wieder gesund.

Landleben

Als ich ein Schulkind war, hatten wir zwei Kühe, Kälbchen, Schweine, Hühner, Enten und Hasen.

Die Kühe waren Nutz- und Zugtiere, die Grundlage der Landwirtschaft. Die Kühe brachten die Kälbchen auf die Welt und gaben deshalb Milch. Sie wurden vor die Holzwagen, Pflüge, Eggen und Maschinen gespannt und zogen alles, wofür man später die Traktoren benutzte.

Das Leben auf dem Land war zu dieser Zeit hart. Alle Familienmitglieder mussten mithelfen, auch die Kinder. Deshalb konnten sie oft nur unregelmäßig zur Schule gehen, denn die Arbeit musste gemacht werden, um zu überleben.

Als Schulkind half ich meinem Vater sehr gerne bei der Arbeit. Es machte mir Spaß und wir scherzten und lachten oft miteinander, wenn wir auf dem Feld waren. Wenn die Kühe den Wagen ziehen mussten, durfte ich sie führen. Sie hatten ein Geschirr um den Kopf, an dem ein Strick befestigt war und den konnte ich gut halten. Ich redete viel mit den Kühen und war davon überzeugt, das Scheck, unsere Handkuh, alles verstand, was ich ihr sagte. Sie war sehr lieb und folgsam. Mein Vater hatte sie als Kälbchen aufgezogen und weil sie hellbraunes, geflecktes Fell hatte, nannte er sie Schecki. Daraus wurde dann später, als sie eine große Kuh war, Scheck.

Wenn eine Kuh gekalbt hatte, kam die Milch oft so reichlich, dass es zu viel für das Kälbchen war. Dann wurde die Kuh gemolken und die Milch wurde verarbeitet. Sie wurde geschleudert, das heißt, in eine Zentrifuge gekippt, wo die Sahne von der Milch getrennt

wurde. Die Sahne wurde dann in ein Fass geschüttet, das so lange gedreht wurde, bis sich die Butter von der Buttermilch getrennt hatte.

Die fertige Masse wurde in ein Holzmodel mit einer ge-
schnitzten Rose gedrückt, so dass jedes Stück Butter mit
einer Rose verziert war. Die fertige Butter wurde in einem
Fass mit Salzwasser im Keller aufbewahrt. Die Buttermilch war köstlich und ich trank, so viel ich konnte.

Ich freute mich jedes Mal, wenn ein Kälbchen geboren
wurde. Ich durfte dabei sein und wenn das Kleine auf der
Welt war, habe ich es mit Stroh trockengerieben. Die Kälbchen waren so schön mit ihrer schwarzen Nase und den
großen, dunklen Kulleraugen. Sie schauten mich ganz lieb
an und leckten mit ihrer rosaroten, rauen Zunge an meinen
Fingern. Nach ein paar Stunden versuchten sie aufzustehen
und gingen dann auf wackeligen Beinchen zum Trinken zu
der Mutterkuh. Wenn sie das schafften, war alles in Ordnung und wir konnten sie alleine lassen im Stall und wieder

die anderen Arbeiten machen. Ich ging trotzdem immer wieder in den Stall. Da war es ruhig und friedlich. Das Kälbchen lag neben seiner Mama und schnaufte leise vor sich hin. Die Kuh fraß vom Gras oder Heu, das in der Raufe an der Wand lag. Das sah so lustig aus, denn sie schob das Gras von einer Maulseite auf die andere und kaute darauf herum, um es zu zerkleinern. Ich legte mich neben das Kälbchen ins Stroh und streichelte seinen Kopf. Es schaute mich neugierig an und schnaufte seinen warmen Atem durch die großen, rosaroten Nasenlöcher in mein Gesicht. Das fühlte sich so schön an, denn es roch nach Milch. Die Nase war feucht und ganz warm. Als es sein Maul öffnete, konnte ich die Zähne sehen, die nicht spitz, sondern oben flach waren, damit es das Gras und das Heu beim Fressen zermahlen konnte. Das Kälbchen streckte seine Zunge raus, die konnte es vorne schmal und spitz machen, um später damit auf der Wiese das Gras abreißen zu können, und leckte mir über das Gesicht. Das war zu viel und ich wischte mir mein Gesicht schnell ab. Vater rief mich zum Abendbrot und ich lief schnell in die Küche.

Mehl und Brot

Als ich aus der Schule nach Hause kam, sagte mein Vater „Mariechen, heute fahren wir zwei nach Eiterhagen in die Mühle, wir brauchen wieder Mehl zum Brotbacken". Auf den kleinen Wagen hatte er schon einige gefüllte Säcke geladen. Darin waren Roggen, Weizen und Hafer. Bei der Wassermühle im Nachbardorf angekommen, wurden wir sehr freundlich vom Müller begrüßt. Die Männer kannten sich schon lange und unterhielten sich über die Neuigkeiten aus dem Dorf.

Das Mühlengebäude war schon sehr alt und irgendwie war das Fachwerk schief. An der Hausseite, wo der Bach floss, war das Mühlrad angebaut. Ich war fasziniert von dem Wasser, das auf der einen Seite in die Holzschaufeln lief und auf der anderen Seite wieder mit lautem Getöse rausfloss und dadurch das Wasserrad antrieb. Ich stand auf dem Holzsteg, der über den Bach führte und konnte so alles genau sehen. An der Hauswand und an dem Wasserrad war viel Moos gewachsen, auch auf den großen Steinen die aus dem Bachlauf ragten. Der Holzsteg war nass und ich musste aufpassen nicht angespritzt zu werden.

Gemeinsam trugen mein Vater und der Müller die Säcke in die Mühle. Ein Sack nach dem anderen wurde in den großen Trichter geleert. Die Körner rieselten durch ein Rohr auf die großen Mühlsteine und wurden zerkleinert. Je öfter sie gemahlen wurden, desto feiner wurde das Mehl. Das dauerte eine Weile. Dann trugen die Männer die neugefüllten Säcke wieder heraus und luden sie auf den Wagen. Es waren je ein Sack mit Roggenmehl, Weizenmehl, geschrotetem Hafer und Kleie. Vater bezahlte das Mahlgeld, wir verabschiedeten uns freundlich und fuhren nach Hause.

Am Freitagabend begannen wir mit den Vorbereitungen zum Brotbacken. Roggenmehl wurde in einen großen Holztrog geschüttet, damit es sich bis zum nächsten Morgen erwärmte. Es wurde mit warmem Salzwasser und Sauerteig so lange geknetet, bis ein Teig daraus wurde, der glatt und glänzend war. Nun konnten wir Brote daraus formen und auf ein großes Brett legen. Das Ganze wurde mit einem großen Tuch abgedeckt und warm gestellt, damit der Teig gehen konnte. Das dauerte einige Zeit. Vater ging mit Reisig und Holz zum Dorfbackhaus und machte das Feuer im Ofen an. Er überwachte die brennenden Äste und kontrollierte die Temperatur. Wenn der Backofen heiß genug war, holte er das Brett mit den Brotlaiben. Nacheinander schob er sie mit einem langen Holzschieber in den großen Steinbackofen. Nach zwei Stunden war alles fertig gebacken und es duftete herrlich. Nun wurden die schönen braunen Brote mit einem in Salzwasser getränkten Tuch abgewischt, auf das Brett gelegt und Vater trug es heim.

Damit die Brote lange frisch blieben, wurden sie in Tücher gewickelt und im Keller gelagert. Wenn der Backofen noch heiß genug war, wurden Bleche mit leckerem Obstkuchen hineingeschoben, den es dann am Sonntag gab.

Heuernte

Aus den zarten Frühlingswiesen war hohes kräftiges Gras geworden. Bisher war es mit Sensen abgemäht worden. Dann gingen mehrere Männer nebeneinander versetzt und mit ausholendem Schwung wurden die Sensen durch das Gras gezogen, so dass nach jedem Schnitt ein Bogen Gras dalag.

Vater hatte einen Grasmäher gekauft. Das war ein Gerät aus Eisen mit 4 Rädern. Auf der einen Seite befand sich der Sitz und auf der anderen Seite ein langer Arm bzw. Ausleger, an dem eine Schneidevorrichtung angebracht war. Die bestand aus zwei Reihen mit Messern übereinander, die sich entgegengesetzt bewegten und dadurch das Gras abschnitten. Die Messer wurden durch die Räder angetrieben. Deshalb mussten die ziehenden Kühe immer schnell gehen, damit sich das Gras nicht in den Messern verklemmte. Ich lief mit einem Rechen nebenher und wenn doch ein Klumpen auf den Messern entstand, musste ich ihn mit dem Rechen runterschieben.

Es dauerte lange, bis die ganze Wiese gemäht war, und es war sehr anstrengend für mich. Zum Schluss konnte ich nicht mehr und ich bat meinen Vater heimzufahren. Ich war nicht mehr in der Lage zu essen und fiel todmüde in mein Bett.

Am nächsten Tag fuhr Vater wieder auf die Wiese. Diesmal hatte er den Heuwender angespannt.

Der hatte zwei sehr große Räder, vorne in der Mitte einen Sitz und hinten zwei kleinere Räder, die durch eine Eisenstange verbunden waren. Die Wendeflügel waren daran befestigt und drehten sich durch den Antrieb der Räder. Nach dem Mähen lag das Gras aufeinander und wurde nun durch die langen gebogenen Zinken des Wenders durch die Luft gewirbelt, so dass es gleichmäßig verteilt auf dem Boden lag und gut trocknen konnte.

Als ich aus der Schule heimkam, fand ich einen Zettel auf dem Küchentisch, auf dem stand: „Kühe und Schweine füttern und in die Strud kommen". Die Strud war unsere Waldwiese, die wir auch bewirtschafteten. Das Schweinefutter stand in Eimern vor dem Schweinestall. Ich leerte die Eimer in den Futtertrog und die Schweine tauchten ihren Rüssel hinein und schlabberten gierig. Als auch die Kühe gefressen hatten, führte ich eine nach der anderen zum Heuwagen, der abfahrbereit im Hof stand. Ich erzählte ihnen, dass wir in die Strud wollten und ich war mir sicher, dass sie mich verstanden. Scheck unsere Handkuh war besonders schlau und Berta die zweite Kuh machte ihr alles nach. Ich schnallte ihnen das Joch vor den Kopf und hängte die Zugketten daran ein.

Wir fuhren durch das Dorf. Die Kühe kannten den Weg. Ich saß auf dem Heuwagen und hielt die Führstricke in der Hand. Es folgten Feldwege, vorbei an Wiesen und Wäldern. Ich legte mich auf das große Heu-Tuch im Wagen und schaute in den Himmel. Er war strahlend blau mit kleinen weißen Wölkchen, die langsam dahinzogen. Die Sonne hatte ihren höchsten Stand erreicht und stand fast senkrecht über mir. Ich bedeckte meine Augen mit der Hand. Es war so wohlig warm und gemütlich und ich schlief ein. Scheck und Berta liefen weiter durch den Wald und brachten mich sicher zu unserer Wiese. Dort entdeckte mich mein Vater und lachte. Er musste ein wenig schimpfen, aber insgeheim war er amüsiert und sehr stolz auf seine kleine, blonde Tochter.

Die Kühe wurden ausgespannt und durften sich freilaufend sattfressen an den frischen Wiesenkräutern.

Die Stiefmutter hatte Essen gebracht, das in ein großes Tuch eingepackt war. Das breiteten wir in der Wiese aus als Tischdecke und genossen die Brotzeit. Nach einer kleinen Pause ging die Arbeit weiter. Die Stiefmutter hatte die kleine Schwester dabei, die auf der Wiese spielte.

Die Kühe wurden vor den Heuwender gespannt und liefen über die Wiese. Der Heuwender machte Schloren, also das auseinanderliegende, getrocknete Gras wurde in Reihen aufeinander geschleudert. Dann wurden die Kühe vor den Wagen gespannt und ich kletterte auf die Ladefläche. Vater schob mit der großen Gabel das in Reihen liegende Heu zusammen und reichte es mir hoch hinauf. Ich nahm es und verteilte es auf der ganzen Fläche. Die Stiefmutter lief hinter meinem Vater her und zog mit einem hölzernen breiten Rechen das liegengebliebene Heu zusammen. Die Haufen warf sie dann auch herauf. Wenn das Innere des Wagens voll war, setzte mir Vater die Haufen an die Stellen wo sie hinsollten und ich stapfte sie fest. Als alles hoch aufgetürmt war und nichts mehr auf den Wagen passte, wurde das große Tuch darüber geworfen und festgespannt. Über die Länge des Wagens wurde ein Balken gelegt und das vordere und hintere Ende mit Stricken befestigt, damit Stabilität entstand und die Fuhre nicht so leicht umkippen konnte.

Die Heimfahrt war toll, weil ich hoch oben auf dem Heu sitzen durfte, während Vater neben der Handkuh lief, um sie zu führen. Auch die Stiefmutter und die kleine Schwester durften auf den Wagen.

Zu Hause angekommen, fuhren wir damit in die große Scheune, direkt unter die Luche. Das war eine viereckige Öffnung in der Scheunendecke, durch die mit einem großen Greifer an Seilen das Heu auf den Dachboden hochgezogen werden konnte.

Das wurde dann am nächsten Tag gemacht. Ich kletterte wieder auf den Heuwagen. Meine Aufgabe war es, den großen Metallgreifer, den mein Vater vom Dachboden herunterließ, in das Heu zu drücken. Beim Hochziehen mit den Seilen schloss sich der Greifer und hielt so das Heu fest. Vater nahm oben die Ballen entgegen und lagerte sie an der richtigen Stelle des großen Dachbodens. Das Heu von der Waldwiese war nun trocken gelagert. Nun konnten wir das Heu von der Seewiese auf die gleiche Weise trocknen und nach Hause holen. Wir waren alle froh, als diese anstrengende Arbeit geschafft war.

Obst und Gemüse

Nach der Heuernte gab es in unserem Hausgarten viel zu tun. Im Frühjahr hatten wir verschiedene Samen ausgesät, die zu kleinen Pflänzchen herangewachsen waren. Die mussten wir nun im Beet auseinandersetzen, damit sie genug Platz hatten um wachsen zu können. Der Salat wuchs schon zu schönen Köpfen heran und beim Gemüse konnte man schon sehen, was es werden würde. Wir mussten hacken und jäten und das Unkraut rausreißen. Bei schönem Wetter machte das Spaß, wenn es regnete mussten, wir andere Arbeiten machen.

Der Sommer war da und es wuchs auf den Feldern und in den Gärten. Die Obstbäume bildeten die ersten Früchte und an den Sträuchern wuchsen die Beeren. Der Rhabarber war hochgewachsen und wurde geerntet. Wir haben mit der Stiefmutter Rhabarberkuchen gebacken Den aß ich sehr gerne, allerdings nur wenn auch viel Zucker drauf war. Den frischen Salat aus dem Garten konnten wir schon essen und das erste Gemüse auch.

Die roten und schwarzen Johannisbeeren waren reif. Die Stiefmutter schickte mich und meine Schwester Liesel in den Garten zum Beerenpflücken, denn sie wollte Marmelade und Gelee kochen. Die Beerenernte zog sich dahin. Nacheinander wurden die verschiedenen Früchte reif. Nach den Johannisbeeren kamen die Stachelbeeren, von denen wir mehrere Sträucher hatten. Die Stachelbeeren hatten keine Stacheln, nur kleine Härchen die so aussahen. Sie wurden teilweise walnussgroß und wenn die grüne Farbe leicht gelblich wurde, waren sie reif und schmeckten schön süß. Wir hatten auch einen Himbeerstrauch, der leider nicht so viele Früchte trug, dass es reichte zum Marmeladekochen. Wir naschten immer wieder von diesen leckeren roten Beeren, bis keine mehr am Strauch waren. Wilde Erdbeeren hatten wir auch, die waren ähnlich wie Walderdbeeren, vermehrten sich selbst durch Ableger und breiteten sich aus. Sie waren sehr viel kleiner als normale Erdbeeren und schmeckten sehr aromatisch.

Die Kirschernte war abenteuerlich, denn wir kletterten über Leitern in den Baum und mussten uns gut festhalten, um an alle Kirschen zu kommen. Wir hatten Weidenkörbe mit Henkeln, in die wir die Kirschen sammelten. Waren die Körbe voll, nahm Vater sie entgegen und kippte sie in große Schüsseln, die er dann in die Küche trug.

Die Äpfel ernteten wir meistens mit langen Stangen, an denen ein kleiner nach oben offener Sack befestigt war, in den die Äpfel reinfielen. Oder wir kletterten eben wieder in den Baum und zupften die Äpfel ab.

Die Zwetschgenernte war sehr mühsam; dabei mussten alle helfen. Wenn der Baum viele Zwetschgen trug, konnten wir mehrere Körbe voll einbringen. Zwetschgenkuchen aßen alle sehr gerne. Das Zwetschgenmus wurde in Gläsern eingekocht und gelagert und wir hatten dann Vorrat für den ganzen Winter.

So waren wir bis in den späten Herbst mit dem Ernten und Einmachen beschäftigt, denn wir mussten ja für den Winter und bis ins nächste Jahr vorsorgen, damit wir genug zu essen hatten.

Wenn wir Zeit hatten, gingen meine Schwester und ich in den Wald und sammelten Heidelbeeren. Die niedrigen Büsche waren nicht leicht zu finden, denn die bevorzugten Standorte waren oft im Unterholz bis hin zum Waldrand. Bis sich ein Eimer mit den kleinen runden Beeren gefüllt hatte, waren wir sehr lange mit dem Suchen und Pflücken beschäftigt. Natürlich mussten wir viele Beeren erstmal selber essen. Die blauen Zungen, die wir davon bekamen, streckten wir immer wieder raus und lachten uns dabei kaputt.

Wir liebten Brombeermarmelade. Da es die aber nicht im Dorfladen zu kaufen gab, mussten wir die Beeren selber pflücken. Also gingen wir bei schönem Herbstwetter wieder los und suchten die Brombeersträucher. Die fanden wir an verschiedenen Plätzen, meist am Waldrand oder an Wiesenrändern. Die Sträucher wucherten sehr hoch und hatten leider sehr viele, lange und spitze Stacheln. Deswegen musste ich sehr aufpassen und mich vorsichtig zwischen die Zweige schlängeln, um die Beeren zupfen zu können. Trotzdem passierte es immer wieder, dass sich die Dornen in meiner Kleidung verhängten und beim Losmachen hatte ich dann immer wieder irgendwo die Stacheln in der Haut. Das war richtig fies und tat sehr weh und ich konnte mir dann die Tränen nicht verkneifen. Meine Schwester half mit, so gut wie möglich, aber ihr ging es genauso. Sie blieb mit ihren schweren, schwarzen Zöpfen in den Dornen hängen und ich musste sie befreien. Es war schlimm und machte wirklich keinen Spaß. Wir waren beide froh, als der Eimer fast voll war und wir nach Hause gehen konnten.

Da ernteten wir lieber die Bohnen in unserem Garten. Die langen, grünen Schoten brauchten wir nur abzuzupfen von den Pflanzen. Die schlängelten sich um die in den Boden gerammten Stangen, die ihnen Halt gaben. Wenn man die Schoten öffnete, kamen die Bohnen zum Vorschein. Die kleinen Böhnchen waren fast süß und die großen, dicken Bohnen hatten eine harte Schale. Die wurden dann getrocknet und konnten so gut gelagert werden. Die Schoten mit den kleinen Böhnchen wurden zerschnitten und in Gläsern eingekocht.

Sehr lecker waren auch die kleinen Erbsen, die konnte man einfach aus der geöffneten Schote rausstreifen. Es machte lustige Geräusche, wenn sie in eine Schüssel kullerten.

Zusammen mit Möhren wurden sie dann auch eingeweckt und man konnte daraus ein sehr leckeres Gemüse machen.

Genau genommen wurde alles haltbar gemacht, was geerntet wurde, denn es gab weder Kühlschrank noch eine Gefriertruhe. Deshalb mussten alle so viele Vorräte anlegen, wie sie brauchten, damit die ganze Familie genug zu essen hatte, bis es im nächsten Jahr wieder neue Ernten gab.

Die Fruchternte

Der Roggen, den Vater im Herbst gesät hatte, war gut gewachsen. Er fing an sich zu verfärben und wurde langsam leicht gelb. Bald würden wir ihn ernten können. Weizen und Hafer wurden immer im Frühjahr ausgesät und konnten deshalb erst später geerntet werden.

Vater kontrollierte das Gerät, mit dem wir das Gras zum Heuen gemäht hatten. Er legte stärkere Schneidemesser in den Mähbalken ein, denn die Kornstängel waren ja viel dicker als die Grashalme. Dann wurden alle Metallteile frisch geölt, damit das Schneiden leichter ging.

Der Roggen war inzwischen reif und musste als erstes geschnitten werden. Vater spannte die Kühe vor den Mäher und wir fuhren durch das Dorf zu unserem Acker. Dort setzte Vater sich auf den Sitz der Maschine und ich führte die Kühe Scheck und Berta. Wir mussten flott gehen, damit die von den Rädern angetriebenen Schneidemesser die Halme problemlos abschneiden konnten und es nicht zu Verklumpungen kam. Das abgeschnittene Korn mit den langen Halmen fiel zur Seite und wurde dann zusammengerafft und zu einer Garbe gebunden. Am Abend wurden die Garben mit den Ähren nach oben zum Trocknen zusammengestellt, so dass es aussah als würden viele kleine Zelte auf dem Feld stehen.

Genauso wurden der Weizen und der Hafer geschnitten und aufgestellt. Nun hofften wir sehr auf trockenes und sonniges Wetter, damit wir eine gute Ernte bekamen. Wenn die Garben trocken geblieben waren, konnten wir sie nach mehreren Tagen holen. Über den großen Leiterwagen wurde eine Plane gespannt, damit die reifen Körner, wenn sie aus den Ähren fielen, nicht verloren gingen. Ich stieg auf den Wagen und Vater gab mir mit einer langen Gabel die Fruchtgarben auf den Wagen. Wenn der Innenwagen voll war, musste ich sie so setzen, dass die Ähren nach innen lagen. Wenn wir vollgeladen hatten, fuhren wir heim in die Scheune und unter die Luche zum Abladen. Die Garben wurden am Seil angehängt, hochgezogen und auf dem Scheunenboden gelagert. Genauso machten wir es mit dem Weizen und dem Hafer. Nun konnte die Dreschmaschine kommen.

Abends holte Vater mit den Kühen die Dreschmaschine und fuhr sie unter die Luche. Am nächsten Morgen kamen die Nachbarn und Freunde, um beim Dreschen zu helfen.

Da die Maschine der Dorfgemeinschaft gehörte, konnten alle sie nutzen und deshalb halfen sie einander bei der Arbeit. Der Verantwortliche für das Gerät war auch immer dabei, um zu helfen, wenn es Schwierigkeiten gab. Er stand auf der Dreschmaschine, eine Helferin und ich standen ihm gegenüber. Sie reichte mir die Garben, ich schnitt mit einem scharfen Messer das Seil durch und reichte die Garbe weiter zum Wart. Der ließ die Garben langsam in die Maschine gleiten. Ging das zu schnell oder war es zu viel, dann konnte die Maschine die Körner nicht von den Halmen trennen und blieb stehen. Das Korn fiel durch einen kleinen Schacht in den angehängten Sack. War dieser voll, trug einer der Männer ihn in die Fruchtkammer im Haus und schüttete ihn dort aus. Die Frauen trugen das ausgedroschene Stroh auf den Heuboden, wo es aufgestapelt wurde.

Am Abend, wenn alle Arbeit getan war, gab es für die Helfer ein festliches Essen und Trinken. Alle freuten sich und versprachen, im nächsten Jahr wieder mit anzupacken.

Der nächste Landwirt holte sich die Dreschmaschine und fragte einige Leute, ob sie ihm auch helfen würden.

Den nächsten Tag verbrachten wir mit Kehren und Putzen bis alles wieder sauber und ordentlich war.

Kartoffeln

Im Frühjahr gab es immer viel zu tun. So mussten auch die Kartoffeln eingepflanzt werden. Vater spannte die Kühe vor den Pflug und fuhr zu unserem Kartoffelacker. Auf dem Feld ging er hinter dem Pflug her und drückte ihn runter in den Boden, so dass durch die gebogene Pflugschar

Bundesarchiv, Bild 183-H0813-0808-028
Foto: Dreyer | Mai 1948

eine große Furche entstand. Hinter den Kühen und meinem Vater gingen Frauen, die sich Sackschürzen mit den Saatkartoffeln umgebunden hatten.

Sie legten schrittweise eine Kartoffel nach der anderen in die Furche. Vater zog die nächste Furche mit dem Pflug genau in dem Abstand, dass die ausgeschnittene Erde die

Furche mit den Saatkartoffeln bedeckte. So wurde Furche um Furche bearbeitet, bis der ganze Acker bepflanzt war.

Nach ein paar Wochen waren aus den Saatkartoffeln Kartoffelstöckchen gewachsen. Sattgrün standen sie auf den Äckern. Zum großen Leidwesen der Bauern kamen die Kartoffelkäfer, um die Blätter abzufressen. Oft war es so schlimm, dass es zur Kartoffelkäferplage kam. Dann mussten die Tiere von den Pflanzen geklaubt werden.

In unserm Dorf gab es einen Ortsdiener, dessen Aufgabe war es, Nachrichten im Dorf zu verbreiten. Dazu trug er eine Glocke, mit der er laut bimmelte, damit ihn die Dorfbewohner in ihren Häusern hören konnten. So lief er durch alle Straßen, läutete und wenn sich genügend Köpfe in den Fenstern zeigten, verkündete er mit lauter Stimme die Nachrichten: „Hiermit gebe ich bekannt, dass alle Schulkinder morgen früh auf den Feldern nach Kartoffelkäfern suchen müssen. Mitzubringen sind große Blechbüchsen."

Am nächsten Morgen kamen alle Kinder mit Blechbüchsen in die Schule. Sie freuten sich auf den Spaß mit den Käfern und dass sie keinen Unterricht hatten. Gemeinsam gingen sie auf den nächsten Acker, verteilten sich am Rand des Feldes und gingen durch die Furchen auf der Suche nach den Kartoffelkäfern. Wer als erstes die Büchse voll hatte, machte einen Freudentanz und wurde vom Lehrer gelobt.

Im Herbst kam die Zeit der Ernte. Die ganze Familie musste mit auf den Acker, um zu helfen. Die Kühe wurden vor den Pflug gespannt und Vater lief mit dem Gespann die Furchen entlang, um die Kartoffelstöcke aus der Erde zu pflügen. Der unterste Teil der Pflanze, an dem die Kartoffeln hingen, wurde dabei nach oben gekehrt, so dass man die Kartoffeln einsammeln konnte. Es wurden drei große Weidenkörbe aufgestellt. In den ersten kamen die kleinen, in den zweiten die großen und in den dritten die beschädigten Kartoffeln. Die Frauen hatten Hacken und Harken. Die Harken hatten drei Zinken aus Metall, mit denen sie die zusammenhängenden Erdballen trennten, um die Kartoffeln abzupfen zu können. Wenn die Körbe voll waren, wurden sie in Säcke aus Jute geschüttet.

Die luden starke Männer auf die bereitstehenden Erntewagen aus Holz, deren Seitenwände man runterklappen konnte. Wenn der Acker abgeerntet war, spannte Vater wieder die Kühe vor den Wagen und fuhr nach Hause.

Die Kartoffeln wurden im Naturkeller gelagert, denn es musste kühl und dunkel sein, damit sie nicht verfaulten oder austrieben.

Mist

Nach der Erntezeit musste noch die schmutzigste und kräftezehrendste Arbeit von Vater erledigt werden. Der Haufen auf der Jauchegrube war den Sommer über sehr hoch geworden und der Mist musste nun auf den Feldern und Wiesen verteilt werden. Wenn ich morgens in der Schule war, stieg mein Vater in Gummistiefeln auf den Misthaufen. Mit der Gabel, die drei lange Metallzinken hatte, schaufelte er das Strohmistgemisch auf einen Wagen, bis der voll beladen war.

Nach dem Mittagessen spannte Vater die Kühe vor den Wagen und ich fuhr mit ihm aufs Feld. Vater kratze mit einer Zinkenhacke etwas Dung ab, so dass der auf den Acker fiel. Ich führte Scheck zehn Schritte weiter und Vater kratzte wieder einen Teil ab. So wiederholten wir das, bis der Wagen geleert war. Wenn überall auf dem Acker Häufchen lagen, mussten wir sie ausbreiten und verteilen. Das war so anstrengend, dass ich danach total erschöpft war. Am nächsten Tag ging Vater mit den Kühen und dem Pflug aufs Feld und ackerte den Mist unter die Erde. Wenn die Erde trocken war, ging es einigermaßen einfach, war der Boden aber feucht, klebten die Erdklumpen aneinander und alles

wurde sehr schwer. Die armen Kühe mussten sich sehr ab-
mühen um den Pflug zu ziehen. Diese sehr anstrengende
und schmutzige Tätigkeit musste so oft wiederholt werden,
bis der Misthaufen abgetragen war. Später gab es Traktoren
und Geräte die den Dung verteilten, aber damals mussten
die Menschen mit ihrer Muskelkraft und ihren Tieren diese
Arbeit schaffen.

Konfirmation

Meine Konfession ist evangelisch und ich ging in den Konfirmationsunterricht. Der wurde vom Pfarrer im Pfarrhaus abgehalten. Wir lernten viel aus der Bibel und dem Katechismus. Einiges war nicht so einfach zu verstehen und der Pfarrer erklärte es, damit wir es begreifen konnten. Wir mussten Kirchenlieder auswendig lernen und Verse aus dem Katechismus. Das Wichtigste waren die zehn Gebote und die Erklärungen dazu.

Es war damals Brauch, dass die Mädchen zur Konfirmation drei Kleider bekamen. Ein Kleid war einfarbig, das trugen die Mädchen zur Prüfung, eines war schwarz, für die Konfirmation in der Kirche, und eines war bunt für den Nachmittag. Meine Godel (Patentante) schenkte mir den Stoff für das schwarze Kleid und die Eltern kauften die Stoffe für die beiden anderen Kleider. Eine Schneiderin aus dem Dorf nähte sie so, wie ich sie mir vorstellte. Ich freute mich sehr und war überglücklich, ich hatte noch nie drei neue Kleider besessen. Die Eltern sorgten für die Feier, Essen und Trinken usw. An einem Sonntag fand die kirchliche Prüfung statt. Wir Konfirmanden hatten die große, hölzerne Kirchentür und den Altar festlich geschmückt. Im vergangenen Winter hatten wir Papierrosen gebastelt und diese zu Girlanden gebunden, es sah wunderschön aus.

Es war der Brauch, dass die Pateneltern der Konfirmanden zur Prüfung eingeladen wurden und deshalb waren auch meine Godel mit ihrem Mann und den Kindern zu uns gekommen. Ich trug mein neues, schickes, rotes Prüfungskleid und wir gingen gemeinsam zur Kirche. Bei unserem Eintritt spielte die Orgel. Meine Eltern und die Familie meiner Godel setzten sich auf eine der Kirchenbänke. Wir Konfirmanden standen vorne bei unserem Pfarrer. Als alle Besucher da waren, wurde die Kirchentüre geschlossen und der Gottesdienst begann. Unser Pfarrer stieg auf die Kanzel und begrüßte alle Besucher. Er erklärt den Sinn der Konfirmation und der Prüfung. Dann stellte er Fragen aus der Bibel und dem Katechismus, die wir Konfirmanden beantworten mussten. Die Orgel auf der Empore setzte ein und wir sangen Kirchenlieder, die zu unserer Feier passten. Zum Schluss segnete uns der Pfarrer und die Prüfung war beendet.

Am darauffolgenden Sonntag fand die Konfirmation statt. Wir machten uns gemeinsam auf den Weg in die Kirche. Ich trug mein neues schwarzes Kleid und fühlte mich toll. Der Pfarrer hielt eine Predigt und alle lauschten andächtig. Der Gottesdienst wurde mit dem Läuten der Kirchenglocken beendet. Anschließend gingen wir mit unseren Verwandten nach Hause, um zu feiern. Wir hatten unser Wohnzimmer festlich hergerichtet. Die Tische waren zu einer Tafel zusammengeschoben. Eine weiße Tischdecke war mit dem guten Tafelgeschirr und mit Tischschmuck aus kleinen Tannenzweigen eingedeckt. Unsere Verwandten machten es sich um die Tafel herum gemütlich und plauderten, lachten und freuten sich, wieder einmal zusammen zu sein. Ich saß mittendrin und war die Hauptperson, das genoss ich sehr. Das Festessen war sehr lecker, es bestand aus einem Braten mit Kartoffeln, Knödeln und Gemüse und einem Nachtisch aus eingemachten Früchten mit Sahne. Später haben wir dann noch Kaffee getrunken und verschiedene Kuchen gegessen. Ich aß so viel ich konnte, denn so ein leckeres Essen würde es so schnell nicht mehr geben. Abends hatten wir auch noch eine gemeinsame Mahlzeit: verschiedene Wurstsorten mit selbstgebackenem Brot, eingemachten Gurken und Käse. Schnaps und Bier wurde von den Männern begeistert getrunken, denn auch das gab es nicht oft.

Die Gäste bedankten sich für das schöne Fest und machten sich danach auf den Weg nach Hause. Ein wunderschöner Tag ging zu Ende, ich war sehr glücklich und sank zufrieden in mein Bett.

Politischer Wandel

Wir bekamen in unserem Dorf von Politik nicht viel mit. Es gab hin und wieder eine Zeitung, die man in unserem Dorfladen kaufen konnte und natürlich für die Männer die Stammtisch- Gespräche. Wir Frauen hatten andere Interessen als die Politik, das war Männersache. Wir spürten im Alltag, dass sich was verändert hatte. Wir hatten nie viel Geld, aber wir mussten nie Hunger leiden, denn wir konnten uns selbst mit allen Nahrungsmitteln versorgen und wir wohnten sicher in unserer Dorfgemeinschaft.

Bei Menschen in größeren Orten oder Städten sah das ganz anders aus. Viele Männer waren arbeitslos, Fabriken hatten geschlossen und es gab immer weniger Arbeit. Die Familien hatten kein Geld, um sich Essen kaufen zu können und sie konnten sich auch nicht selbst versorgen, weil sie kein Land hatten. Viele Menschen mussten hungern.

Hitler wurde durch seine Reden und der Kritik am bestehenden politischen Regime immer bekannter. Er gründete die NSDAP, die Nationalsozialistische Deutsche Arbeiterpartei. Er versprach den Menschen ein besseres Leben, den Arbeitslosen Arbeit und den Armen Wohlstand. Die Arbeiter strömten in seine Partei, die immer größer und mächtiger wurde. Irgendwann wurde Hitler zum Reichskanzler gewählt. Die Wirtschaft wurde angekurbelt und es gab wieder mehr Arbeit. Wir hörten in unserem Dorf von den guten Taten der neuen Regierung, ohne das hinterfragen zu können. Die meisten Menschen waren froh, dass es nun aufwärts ging. Bald musste niemand mehr hungern, weil es genug Arbeit gab.

Der Volksempfänger wurde produziert, ein kleines einfaches Radio, dass für wenig Geld zu kaufen war. Irgendwann hatten wir auch so ein Gerät und konnten nun Musik und Nachrichten hören. Fabriken wurden gebaut und der Volkswagen, ein einfaches Auto, wurde hergestellt. Nun konnten sich die Menschen auch ein Auto kaufen, wenn sie gut verdienten. Die ersten Autobahnen wurden gebaut, nicht nur für die privaten Autos, sondern für militärische Zwecke.

Es wurde viel getan für Familien und Kinderreichtum wurde belohnt. Die kinderreichen Familien bekamen staatliche Unterstützung und konnten für wenig Geld ein Haus bauen. Die Kinder der armen Familien konnten Urlaub auf dem Land machen, um sich zu erholen. Dies wurde durch die Kinderlandverschickung organisiert. Die Familien waren sehr froh über diese Entlastung.

Auch hatten die Arbeiter Anspruch auf Urlaub, es wurden Ferienheime gebaut und einiges mehr. Die KdF, „Kraft durch Freude", organisierte das alles. (Die Nationalsozialistische Gemeinschaft, Kraft durch Freude (KdF), war eine politische Organisation mit der Aufgabe, die Freizeit der deutschen Bevölkerung zu gestalten, zu überwachen und gleichzuschalten.) All diese guten Taten wurden laut verkündet, die negativen Entwicklungen wurden erst mal nicht erkennbar. Es gab Arbeit für alle und den Menschen ging es nie zuvor so gut.

Die Propaganda-Maschinerie lief immer mehr an und über den Volksempfänger wurden die Nachrichten verbreitet.

Fabriken wurden umgerüstet und stellten nun Kriegsmaterial her. Es wurden Panzer und Kanonen gebaut, Flugzeuge und Kriegsschiffe hergestellt. In den Wäldern wurden Munitionsfabriken gebaut und meine Schwester Liesel musste dort, wie viele andere junge Frauen, arbeiten. Das Hantieren mit Metallen und Chemikalien war hochgradig gesundheitsschädlich. Meine Schwester weinte, wenn sie abends zuhause war. Sie war sehr schmutzig und bekam ihre braun und lila verfärbten Hände nicht sauber. Auch ihre Haare verfärbten sich im Laufe der Zeit und wurden blau. Die Arbeit war viel zu hart für sie und sie wurde immer wieder krank. Aber es gab keine Entkommen, die Partei ordnete an, was die Menschen zu tun hatten. Alle Leute mussten den Anordnungen Folge leisten, sonst wurden sie von der Polizei verhaftet, auch in unserem kleinen Dorf.

In der Schule wurden die Kinder schon auf Kurs gebracht. Die Jungen mussten der Hitlerjugend beitreten, wo Veranstaltungen und Freizeit-Unternehmungen stattfanden, immer mit dem Ziel, treue und gehorsame Bürger und Soldaten heranzuziehen. Die Mädchen mussten dem Bund Deutscher Mädel, BDM, beitreten, auch das war Pflicht. Das Pflichtjahr wurde 1938 von den **Nationalsozialisten** eingeführt. Es galt für alle Frauen unter 25 Jahren und verpflichtete sie zu einem Jahr Arbeit „in der Land- und Hauswirtschaft".

Krieg

Hitler rüstete kontinuierlich auf und erklärte nach sechs Jahren, im Sommer 1939, Polen den Krieg.

Damit die gesamte Bevölkerung davon erfuhr, verkündete er die Kriegserklärung über den Volksempfänger. Er machte die anderen Länder dafür verantwortlich und erklärte, Deutschland müsse sich verteidigen gegen Verleumdungen usw. Was das für uns bedeuten würde, wusste ich nicht, denn ich hatte bisher keinen Krieg erlebt.

Alle wehrtauglichen Männer wurden eingezogen und zum Kriegsdienst in der Wehrmacht verpflichtet. Auch mein älterer Bruder, der verheiratet war und zwei kleine Kinder hatte, musste als Soldat in den Krieg ziehen. Ich bekam das mit, konnte die Tragweite aber nicht einschätzen. Meine Schwägerin weinte tagelang. Sie hatte große Angst, denn sie wollte ihren Mann nicht verlieren. Sie brauchte ihn doch und die Kinder waren noch so klein, es war einfach furchtbar für sie.

Nach sechs Wochen bekam meine Schwägerin die Nachricht, dass ihr Mann im Feldzug gegen Frankreich verwundet worden war. Er wurde von Granatsplittern in den Rücken getroffen und konnte nicht mehr laufen. Mein Bruder lag in einem Feldlazarett in Frankreich, wir konnten ihn also nicht besuchen, um zu sehen wie es ihm ginge. Die Ungewissheit über den tatsächlichen Gesundheitszustand ihres Mannes machte meine Schwägerin fertig. Sie erkundigte sich bei der zuständigen Wehrmachtsbehörde und erfuhr, dass er irgendwann mit einem Lazarettzug nach Kassel in das Reservelazarett gebracht werden würde. Als mein Bruder nach Monaten endlich dort angekommen war, konnten wir ihn besuchen. Es war so schlimm zu sehen, was aus dem großen starken Mann geworden war. Wir weinten bei der Begrüßung und ich wusste gar nicht, wie ich mich verhalten sollte. Mein Bruder tat mir so leid.

In dem großen Krankensaal standen dicht aneinandergereiht mindestens 50 Betten mit verletzten, kranken und verstümmelten Männern, die vor Schmerzen und Leid stöhnten. Krankenschwestern mit weißen Schürzen und großen Hauben auf dem Kopf liefen hin und her und versorgten die rufenden Männer, so gut es eben ging. Ärzte liefen durch die Reihen, um die Verletzten zu untersuchen und

Anordnungen zu geben, wie die Behandlung zu erfolgen hatte.

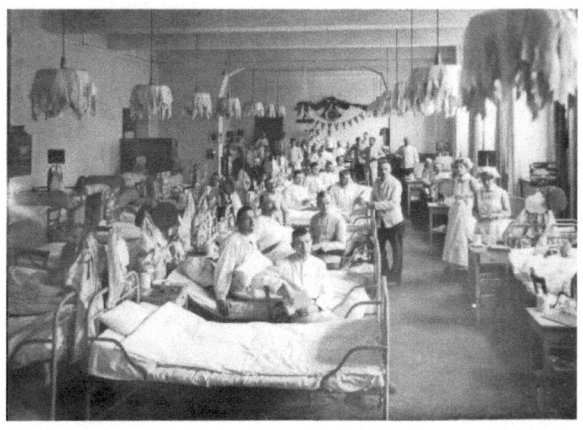

Ich verabschiedete mich von meinem Bruder und ging schon mal hinaus, um dieser für mich unerträglichen Situation zu entkommen. Nach einer Weile kam auch meine Schwägerin mit rot verweinten Augen und wir fuhren erst mit dem Zug bis Fürstenhagen und liefen dann nach Hause in unser Dorf.

Nach einigen Wochen wurde meiner Schwägerin mitgeteilt, dass die Verletzungen ihres Mannes so schwer seien, dass es keine Heilung gebe. Nach weiteren drei Monaten starb mein Bruder an den Kriegsverletzungen. Ich konnte das alles nicht fassen. Mein Bruder wurde gezwungen, Soldat zu werden und in den Krieg zu ziehen, anstatt dass er sein Leben mit seiner Familie hätte leben können. Das war ein so sinnloses Leiden und Sterben. Mein Bruder wurde auf unserem Dorffriedhof begraben. Der Trauerzug war sehr lang, alle Verwandten und Dorfbewohner nahmen teil an der Beerdigung, in der Kirche beim Gottesdienst und auf dem Friedhof. Mein Bruder war einer der Ersten, der gefallen war in diesem entsetzlichen Krieg. Es folgten noch viele Beerdigungen und großes Leid.

Pflichtjahr

Als ich die Schule beendet hatte, musste ich das Pflichtjahr ableisten. Das Pflichtjahr wurde vom BDM organisiert und alle Frauen unter 25 Jahren wurden in der Land- und Hauswirtschaft eingesetzt. Wer sich weigerte, durfte keine Lehre oder Ausbildung machen. Eine Bescheinigung über das abgeschlossene Pflichtjahr musste im Arbeitsbuch, das jede Frau und jeder Mann mit sich führen musste, eingetragen werden. Das Ziel der NSDAP war es, die Haushalte zu entlasten, da mittlerweile viele Männer im Krieg waren und ihre Arbeitskraft zu Hause fehlte. Dann sollten die jungen Frauen und Mädchen auf die künftige Rolle als Hausfrau und Mutter vorbereitet werden, denn Familien mit vielen Kindern waren gewünscht.

Die Partei hatte für mich eine hilfebedürftige Familie mit Landwirtschaft und einer Gastwirtschaft ausgesucht. Mein Vater brachte mich in den kleinen Ort Wellerode, einen Vorort von Kassel. Die Familie bestand aus Oma und Opa sowie einer jungen Mutter mit zwei Kleinkindern. Der Mann war im Krieg. Wir wurden freundlich von der ganzen Familie begrüßt. Mein Vater redete mit dem Opa, um sicherzustellen, dass sie mich auch gut behandeln würden.

Dann verabschiedete er sich von der Familie. Ich fiel ihm um den Hals und drückte meinen Vater fest an mich. Ich hatte Angst alleine zu sein, ohne ihn, der mich immer beschützt und umsorgt hatte. Die Tränen liefen über meine Wangen und ich konnte mich kaum beruhigen. Als er ging winkte ich ihm hinterher, so lange ich ihn sehen konnte. Ängstlich ging ich mit der Familie ins Haus und hoffte, dass es nicht so schlimm werden würde.

Ich musste bei allen Hausarbeiten und im Stall helfen. Auch um die Kinder musste ich mich kümmern, wenn die Mutter keine Zeit hatte. Der Opa ging am Stock und die Arbeit fiel ihm sehr schwer. Vor allem die Arbeit mit den zwei jungen, halbstarken Pferden konnte er nicht mehr leisten, denn er konnte sie nicht halten. Mir gefielen die beiden sofort. Ich durfte sie füttern und striegeln und führte sie am Halfter über die Koppel. Als auch das Einspannen klappte, durfte ich mit Opa auf die Wiese fahren, um Grünfutter für die Kühe zu holen. Opa setzte sich hinten auf den Wagen, das war für ihn recht bequem. Ich stand vorne im Wagen, hielt die Zügel in der Hand und die Peitsche und los ging es. Die Pferde freuten sich und trabten flott durchs Dorf und auf die Wiese. Opa war stolz auf mich und genoss es, gefahren zu werden. Ich war so glücklich und zufrieden, am liebsten wäre ich bis zu uns nach Hause gefahren, um meinem Vater zu zeigen, was ich konnte. Auf der Wiese angekommen, mähten Opa und ich mit der Sense Gras und luden es auf den Wagen. Dann ging die Fahrt wieder zurück zum Hof und ich freute mich auf die nächste Fahrt zur Wiese.

Wenn die Frau ihre Arbeit machte und die Tiere versorgte, musste ich auf die Kinder aufpassen. Die Oma war meistens in der Küche und kochte. Bei der Wäsche musste ich helfen und beim Brotbacken. Meine Lieblingsbeschäftigung war aber die Arbeit mit den Pferden, da gab es nichts, was mir zu schwer gewesen wäre.

Eines Tages hatte der Jungbauer Fronturlaub und kam nach Hause. Er war als Soldat bei der FLAK und direkt an der Front stationiert. Die Freude war sehr groß, die Mama und die Kinder fielen ihrem Papa um den Hals. Die Eltern hatten Tränen in den Augen vor Freude, ihren Sohn unverletzt wiederzusehen. Ein Festessen wurde zubereitet, das gab es am Sonntag nach dem Kirchgang. Es wurde viel geredet und erzählt. Opa erzählte seinem Sohn, wie gut ich mit den Pferden arbeiten konnte und wie toll ich auf dem Wagen stehend die Pferde lenkte. Er lobte mich dafür, dass ich eine große Hilfe wäre und dass ich ihn sehr entlastete. Der Jungbauer war froh darüber und bedankte sich bei mir, was mich ein wenig beschämte aber auch stolz machte. Leider war der Fronturlaub schnell vorbei und der Jungbauer musste wieder an die Front. Die Bäuerin weinte sehr beim Abschied, sie hatte Angst ihren Mann nicht wiederzusehen.

Eines nachts kam die Oma sehr aufgeregt in meine Kammer und schüttelte mich wach. Ich sollte mich schnell anziehen und mit rauskommen in den Hof. Dann sah ich, dass auf Kassel Bomben fielen. Die Stadt brannte und man konnte den Bombenhagel hören. Es war furchtbar und machte mir große Angst. In dieser Nacht wurde Kassel komplett zerstört. Wohnhäuser, Kirchen, Amtsgebäude, Schulen und Krankenhäuser, alles zerbombt und in Schutt und Asche verwandelt. Die ganze Stadt war ein Trümmerhaufen, der noch tagelang brannte. Viele Menschen hatten es geschafft, in Luftschutzkeller zu gehen, um ihr Leben zu retten. Aber sie hatten keine Zeit gehabt, ihr Hab und Gut in Sicherheit zu bringen und nun alles verloren. Sie hatten keine Wohnungen mehr, keine Kleidung und nichts zum Essen. Sie waren obdachlos und bettelarm.

Nun wurde versucht, diesen Menschen zu helfen. In den Dörfern rund um Kassel wurden Wohnungen beschlagnahmt für die Obdachlosen. Es wurden Lebensmittel und Kleidung für sie gesammelt, um ihr Elend ein wenig zu mildern. Überall herrschte große Aufregung und Ratlosigkeit. Der Krieg war jetzt bei allen Deutschen angekommen und nicht nur die Soldaten starben, sondern auch die anderen Menschen, die nichts mit dem Krieg zu tun hatten. Auch die Menschen, die noch ihre Wohnungen und Häuser hatten, hungerten und froren, weil es keine Versorgung mehr gab. Das Elend war überall.

Mein Pflichtjahr war nun vorüber und der Abschied nahte. Ich hatte die ganze Familie sehr lieb gewonnen und es war ein gutes Jahr für mich gewesen. Ich hatte viel gelernt und wurde gut behandelt, das wusste ich zu schätzen. Ungeduldig wartete ich auf meinen Vater, und ich freute mich so sehr ihn wiederzusehen. Meinem Vater ging es genauso, ich fühlte seine Liebe und das machte mich glücklich. Er hatte mich sehr vermisst und natürlich fehlte ihm auch meine Hilfe bei der Feldarbeit. Mein Vater sah krank und müde aus. Ängstlich fragte ich ihn, was ihm denn fehlen würde und er erzählte mir von einem Magengeschwür, das ihn seit einiger Zeit belastete. Aber nun war ich ja wieder da, um ihm zu helfen und konnte ihn in vielen Bereichen entlasten.

In unserem Dorf hatte sich viel verändert. Viele obdachlose Familien aus Kassel waren in die Bauernhäuser eingezogen. Aus den zerbombten Orten kamen die Menschen mit Wertsachen und boten diese zum Tausch gegen Lebensmittel an. Es war so traurig zu sehen, wie abgemagerte Kinder und Frauen betteln mussten, um ein paar Kartoffeln oder Brot zu bekommen. Wie sollte das alles weitergehen und wo sollten die vielen nötigen Nahrungsmittel herkommen. Das alles machte mich unendlich traurig.

Einmal in der Woche lief der Ortsdiener mit seiner Schelle durch die Straßen unseres Dorfes und verkündete Nachrichten und Anweisungen von der Partei. Nun verkündete er, dass sich alle Frauen am nächsten Morgen um sieben Uhr an der Linde einzufinden hätten und dann mit dem Bus nach Kassel gebracht würden zum Steine klopfen. Nach der Zerstörung Kassels sollte die Stadt wieder aufgebaut werden. Da es aber kein neues Baumaterial und auch keine Backsteine gab, mussten die alten Steine aus den Trümmerhaufen wiederverwendet werden. Das ging aber nur, wenn sie in die alte Form gebracht wurden, das heißt, Mörtel usw. musste abgeklopft werden. Ich musste nicht mitfahren, weil mein Vater meine Hilfe brauchte.

Der Tod meines Vaters

Mein Vater war sehr froh, dass ich ihm bei allen Arbeiten helfen konnte. Seine Magenkrankheit wurde schlimmer und er wurde immer schwächer. Mein Vater ging nicht gerne zum Arzt. Der Weg nach Hessisch Lichtenau war ihm zu weit und die teuren Medikamente, die er hätte kaufen müssen, konnte er sich nicht leisten, denn sie waren nur auf dem Schwarzmarkt zu bekommen. Ein weiteres Magengeschwür verschlimmerte seinen Zustand so sehr, dass er nach einigen Wochen starb.

Der Tod meines Vaters war für mich ein furchtbarer Schicksalsschlag. Irgendwie überstand ich die Beerdigung. Mein Vater wurde auf demselben Friedhof bestattet, auf dem auch meine Mutter lag, die einige Jahre vorher gestorben war.

Ich war am Boden zerstört und wusste nicht, wie es ohne meinen Vater weitergehen sollte. Es gab so viel Arbeit mit den Tieren, den Äckern und Wiesen, wie sollte ich das alles schaffen.

Da die Stiefmutter nichts geerbt hatte, zog sie nach einigen Monaten zusammen mit meiner Halbschwester aus. Sie hatte schnell einen Witwer aus dem Nachbardorf kennengelernt und zog zu ihm auf seinen Bauernhof. Ich war froh, dass sie weg war, denn wir hatten uns nie gut verstanden.

Meine Schwester Liesel musste immer noch in der Munitionsfabrik arbeiten und konnte mir deshalb nicht bei der Feldarbeit helfen. Deshalb übergaben wir die Äcker zum Bewirtschaften an meine Cousine und ihren Mann. Wir behielten nur Scheck unsere Handkuh, einen Acker, eine Wiese, ein Schwein und das Kleinvieh. Den Garten musste ich allein versorgen. In der Erntezeit half ich meiner Cousine, die inzwischen zwei kleine Kinder hatte. Meine Schwester und ich wohnten nun alleine in unserem großen Elternhaus.

Nach kurzer Zeit wurde eine Familie mit zwei kleinen Kindern von der Partei bei uns einquartiert. Diese armen Vertriebenen waren nun unsere Mieter.

Je länger der Krieg dauerte, desto grausamer wurden die Lebensumstände der Menschen. Täglich kamen Familien aus Kassel in unser Dorf und fragten nach Lebensmitteln. Sie hatten längst nichts Wertvolles mehr zum Tauschen, also mussten sie um irgendetwas Essbares betteln. Der Hunger trieb diese armen Menschen dazu, sich zu erniedrigen, um zu überleben.

Die Partei verschlimmerte die Situation, indem sie von den Bauern immer höhere Abgaben, in Form von Lebensmitteln, Kartoffeln und Getreide, verlangte. Das war so viel, dass selbst die Bauern und ihre Familien nicht mehr genug zum Leben hatten. Nun musste jeder um sein Überleben kämpfen.

Über den Volksempfänger verkündeten Hitler und seine Generäle, wie erfolgreich sie in Frankreich und anderen Ländern mit ihren Armeen kämpften und welche Siege sie errungen hatten. Als sie England überfielen und Amerika in den Krieg eintrat, wurden alle deutschen Städte bombardiert. Die Zerstörung war unbeschreiblich groß. Durch den Einmarsch nach Russland und den russischen Winter wurde der Niedergang des Deutschen Reichs eingeleitet. Millionen deutsche Soldaten verloren ihr Leben, nicht nur in den Kämpfen, sondern auch durch Hunger, Schnee und Frost. Als Hitler endlich akzeptierte, dass der Krieg verloren war, brachte er sich um. Viele Generäle und Offiziere folgten ihm in den Tod. Einige kamen später vor ein internationales Militärgericht.

Der Krieg war beendet, die Armut war groß und keiner wusste, wie es weitergehen sollte. Jeder versuchte irgendwie, einen Weg für sich zu finden. In unserem Dorf gab es außer der Landwirtschaft keine Arbeit. Ich wollte einen Beruf erlernen, aber wo wusste ich nicht. Meine Schwester Liesel war froh, dass sie nicht mehr in der Munitionsfabrik arbeiten musste. Die Amerikaner hatten sie zerstört. Liesel hatte während ihrer Arbeitszeit dort einen Mann kennengelernt, den sie liebte und nun wollten sie bald heiraten. Liesel fühlte sich in unserem Haus wohl. Die Arbeit mit dem Vieh und dem Garten gefiel ihr und sie wollte auch nach der Heirat mit ihrem Mann dort leben. Ich wollte raus aus dem kleinen Dorf, ich war jung und wollte was erleben, denn ich war bisher aus unserem Dorf nicht rausgekommen.

Während meiner Schulzeit war es schön in unserem Dorf. Die Menschen waren zwar arm, aber alles war überschaubar und jeder hatte sein Auskommen. Da wurde Kirmes gefeiert, mit Schießbuden, Schiffschaukel, Kinder- und Kettenkarussell. Es gab Buden mit Naschzeug, wo die jungen, verliebten Burschen ihren Mädels Schokoladenherzen mit lustigen Sprüchen kaufen konnten. Die Blaskapelle spielte im Saal der Gastwirtschaft und die Pärchen tanzten verliebt zur Musik.

Das Erntedankfest war sehr beliebt. Es gab einen Umzug mit geschmückten Pferde- und Kuhwagen. Alle machten mit und brachten Blumen und alles, was sich zum Schmücken eignete. Eine Blaskapelle lief voraus, dann kamen die Wagen und die Leute. In der Kirche fand ein Erntedank-Gottesdienst statt. Der Altar wurde vorher mit allem, was das Jahr über gewachsen war und geerntet wurde, geschmückt. Die Menschen waren froh und heiter und liebten es zu feiern.

Heute herrschte im Dorf Trauer, Armut und Verzweiflung. Mein Vater war gestorben und mich hielt hier nichts mehr.

Ich erkundigte mich und erfuhr, das in Bad Soden-Allendorf ein neues Hotel eröffnet hatte. Dort wurden Serviererinnen gesucht. Ich fuhr hin, bewarb mich und wurde eingestellt.

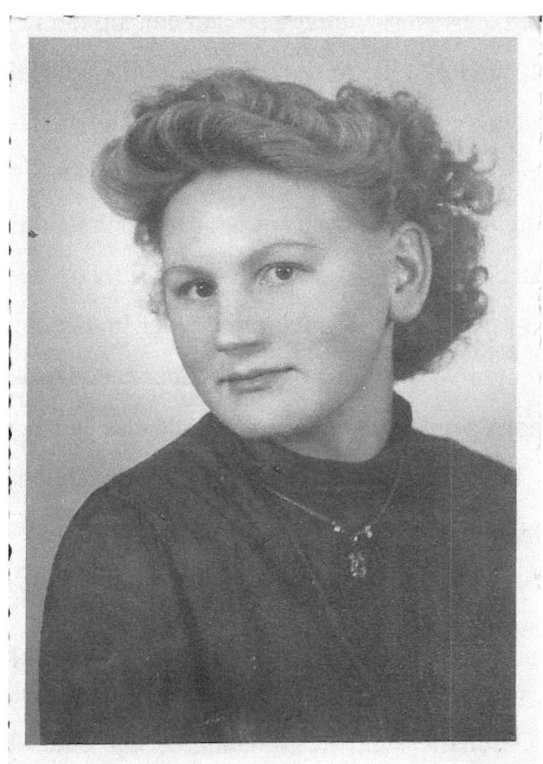

Das Hotel war für die damalige Zeit luxuriös eingerichtet. Es gab eine Bäderabteilung und vieles mehr. Die Wohlhabenden konnten sich wieder eine Badekur leisten und das Hotel war fast immer ausgebucht. Die Gäste gaben mir Trinkgeld, das war für mich neu und am Anfang komisch, aber ich fand es toll. An einem freien Tag fuhr ich nach Kassel. Die Leute versuchten ihre beschädigten Häuser zu reparieren und wieder bewohnbar zu machen. Das war sehr schwierig, weil es nichts zu kaufen gab, auch kein Baumaterial. Dadurch entstand der Schwarzmarkt. Die Leute trafen sich irgendwo in der Stadt und jeder brachte mit, was er verkaufen wollte. So gingen die Suchenden von einem zum anderen und schauten ob jemand das hatte, was er suchte. Das funktionierte ganz gut, bis die Polizei kam. Dann packten alle ihre Sachen schnell ein und liefen weg, um nicht geschnappt zu werden. War die Polizei weg, wurde wieder ausgepackt.

Kassel war vor dem Krieg eine große, schöne Stadt, mit vielen Geschäften und Restaurants. Es gab eine Straßenbahn, mit der man bis nach Wilhelmshöhe fahren konnte, um die Kaskaden hochzusteigen, die zum Herkules führten. Im See wurden Wasserspiele vorgeführt und die gesamte Anlage war eine große Attraktion. Jetzt herrschte noch immer Verwüstung und die Stadt war grau und trist.

Die Liebe

Am Abend fuhr ich zurück nach Bad Soden-Allendorf. Im Zug sagte jemand „Hallo" zu mir. Ich sah auf und erkannte meinen Schulfreund Kurt. Wir freuten uns beide, denn wir hatten uns viele Jahre nicht gesehen. Kurt erzählte, wie es ihm ergangen war. Er war im Krieg bei der FLAK und wurde durch einen Granatsplitter am Knie verwundet. Vor dem Krieg hatte er in der Textilfabrik in Hessisch Lichtenau eine Ausbildung zum Textilfachmann begonnen, wurde aber eingezogen, als der Krieg begann und konnte sie deshalb nicht beenden. Er war ohne Berufsabschluss und nun versuchte er, irgendwo Geld zu verdienen. Wir erinnerten uns an unsere gemeinsame Schulzeit in Quentel. Als Kinder waren wir eng befreundet, gingen miteinander Himbeeren und Heidelbeeren pflücken im Wald und fuhren im Winter gemeinsam Schlitten.

In Helsa musste Kurt aussteigen, denn er wohnte seit seiner Verwundung bei seinen Pateneltern, die keine Kinder hatten. Früher hatte er seine Schulferien immer bei ihnen verbracht, denn sie mochten ihn sehr gerne. Wir verabschiedeten uns sehr herzlich und verabredeten ein Wiedersehen. Immer wenn es möglich war, trafen wir uns. Kurt besuchte mich und ich besuchte ihn. Wir genossen die Zeit miteinander sehr. Die Pateneltern hatten einen großen Garten, in dem sie alles anbauten, was sie so brauchten als Selbstversorger. Kurt und ich waren oft im Garten, denn wir liebten beide die Natur. Es gab ja auch immer viel zu erzählen, wenn wir uns eine oder zwei Wochen nicht gesehen hatten.

Wir erinnerten uns an die schöne alte Jagdhütte, zu der wir als Kinder oft gegangen waren, um Heidelbeeren zu pflücken. Wir hatten uns vorgestellt, wie die feinen Jagdherren nach der Treibjagd in der Jagdhütte gefeiert haben. Kurt meinte, dass diese Hütte prima in den Garten passen würde.

Am oberen Ende des Gartens wäre ein guter Platz und der Bach könnte dann hinter der Hütte vorbeifließen. Ich stellte mir vor, wie es wäre, einen Hühnerstall in die Hütte zu bauen und Kurt fand das gut. Der Gedanke gefiel uns beiden und wir redeten mit den Pateneltern darüber. Die fanden die Idee prima, denn eine Hütte würde schon lange im Garten fehlen, um die Gartengeräte und vieles andere unterstellen zu können. Immer frische Eier zu haben, war für die Patentante eine verlockende Vorstellung, denn jetzt musste sie immer bei den Bauern im Ort fragen. Als wir das nächste Mal meine Schwester besuchten - sie war inzwischen verheiratet - gingen wir zur Jagdhütte. Die bot einen traurigen Anblick, denn sie war halb zerfallen. Die Kriegsjahre waren auch an ihr nicht spurlos vorbeigegangen. Kurt traf sich mit dem Eigentümer. Der war froh über unser Interesse, denn die Hütte musste abgebaut werden, damit sie nicht einstürzte und vielleicht noch jemand verletzt würde. Kurt bekam die Hütte geschenkt mit der Bedingung, sie selbst abzubauen. Wir freuten uns riesig und schon am nächsten Sonntag machten wir uns an die Arbeit. Kurt hatte sich für den Transport einen Pritschenwagen besorgt, das ist ein kleiner Lastwagen mit offener Ladefläche.

Liesel und mein Schwager halfen beim Abbau und Aufladen. Wir fuhren noch am selben Tag nach Helsa und luden die Hütte im Garten ab. Nun bauten Kurt, der Patenonkel und ich die Hütte wieder auf. Die Männer waren sehr geschickt, kaputte Bretter wurden ersetzt, das Dach mit Teerpappe abgedichtet und zersplitterte Glasscheiben ausgetauscht. Die Gartenhütte stand nun da wie neu. Wir waren alle stolz auf unsere Arbeit, auch die Patentante war begeistert und meinte „Jetzt fehlen nur noch die Hühner", denn das war ihr am wichtigsten.

In Heinebach, einem Dorf in der Nähe, gab es eine Brüterei, wo man für Hafer und Eier kleine Küken bekommen konnte. Meine Schwester Liesel gab mir den Hafer und die Eier. Ich verabredete mich mit vier weiteren Frauen, die auch Küken holen wollten, und der Pritschenwagen-Besitzer war bereit uns nach Heinebach zu fahren. Der Hafer und die Eier, die ich mitbrachte, reichten als Bezahlung nicht aus und ich musste einen Aufpreis zahlen. Dann bekam ich zehn wunderschöne, weiße, flauschige Küken.

Wieder zu Hause angekommen, zeigte ich voll Freude meiner Familie die süßen kleinen Küken. Alle freuten sich und bewunderten sie. Kurt und ich brachten sie in ihr neues Zuhause, die Gartenhütte. Wir setzten sie in einen großen, mit Heu ausgepolsterten Korb. Die Kleinen kuschelten sich zitternd aneinander und betrachteten ängstlich die Umgebung. Ich kümmerte mich gerne um meine kleinen Lieblinge, fütterte und pflegt sie. Wenn die Sonne schien, stellte ich den Korb in die Wiese und abends deckte ich den Korb mit einer Decke ab, damit es den Küken nicht kalt wurde. Sie wuchsen und entwickelten sich prächtig. Die Flügel waren schon gut ausgeprägt und es waren nun kleine Hühnchen. Der Korb wurde zu klein, deshalb bauten Kurt und sein Pate Nester und Sitzstangen. Die Nester waren Holzkästen, die nach vorne offen waren und so groß, dass die Hühner bequem darin liegen konnten. Die Sitzstangen befanden sich vor den Nestern. Die Hühner flogen auf die Stangen und hüpften in die mit Stroh ausgepolsterten Nester.

Nun gewöhnte ich meine kleinen Lieblinge an die neuen Nester. Ich streichelte sie und setzte sie auf die Stangen und in die Nester, bis sie von alleine hinaufflogen. Wenn ich mit der Futterschüssel kam, flogen die Hühner um mich herum. Einige setzten sich auf den Schüsselrand und die anderen auf meine Schultern. Es war jedes Mal eine große Freude für mich.

Es war inzwischen Spätsommer und Kurts Patenonkel war nun Rentner. Er hatte jetzt Zeit, sich um den Garten und die Hühner zu kümmern. Die Patentante und ich sammelten alle Essensreste und altes Brot für die Hühner, denn ihr Appetit wurde immer größer. Die Hühner durften nun im Garten frei laufen und sie gingen auch an den Bach, der hinter der Hütte vorbeifloss. Sie scharrten hier und da. Aus dem Gras zogen sie Würmer und anderes Kleingetier und am Bach tranken sie von dem klaren Wasser. Auch im Bach wurde gescharrt und wenn sie einen Käfer fanden, war der für sie ein Leckerbissen.

Kurt und ich hatten im Sommer beschlossen zu heiraten. Wir verstanden uns prima und kannten uns nun schon so lange, wir hatten entschieden unser weiteres Leben miteinander zu verbringen.

Ich habe dann meine Arbeitsstelle als Serviererin gekündigt und kümmerte mich um den Haushalt. Kurt hatte eine Anstellung bei der Deutschen Bundesbahn, der früheren Reichsbahn, angenommen. Als Oberkellner arbeitete er im Speisewagen der Mitropa. Das war eine Bewirtungs- und

Beherbergungsgesellschaft, die die Versorgung von Reisenden in Bahnhöfen und auf Autobahnraststätten bereitstellte und durchführte.

Nach dem Krieg durften die Züge nicht mehr über die Grenzen fahren, sondern nur innerhalb von Deutschland. Kurts Tour war von Kassel nach Hamburg, zurück nach Kassel, dann bis Basel und wieder zurück nach Kassel. Danach hatte Kurt frei und war ein oder zwei Tage zu Hause. Es war eine interessante aber auch anstrengende Arbeit, denn er konnte nachts nur kurz schlafen und mußte viele Stunden am Stück arbeiten. Deshalb brauchte er dann die Zeit zuhause zum Ausschlafen.

Die Hochzeit

Nun war es Herbst und wir begannen mit den Vorbereitungen für unsere Hochzeit. Ich wünschte mir eine kirchliche Trauung in einem schönen, weißen Brautkleid. Kurt fand die Idee gut und wir gingen auf die Suche nach einem passenden Kleid. Das stellte sich als schwierig heraus, denn entweder die Kleider gefielen uns nicht oder sie waren zu teuer. In den Geschäften gab es nur eine kleine Auswahl, denn nach dem Krieg war alles knapp.

Meine Schwester Liesel kannte eine junge Frau, die hatte aus ihrer zerbombten Wohnung in Kassel einige Wertsachen retten können, darunter war auch ihr Hochzeitskleid. Liesel fragte nach, ob die Frau mir das Hochzeitskleid verkaufen würde, aber das wollte sie nicht. Allerdings war sie bereit, mir das Kleid im Tausch gegen Lebensmittel, die wir von Liesel bekamen, zu leihen. Wir fuhren überglücklich nach Quentel und holten das Brautkleid. Wir versprachen der jungen Frau, es unbeschädigt wieder zurückzugeben.

Die Pateneltern von Kurt wollten gerne, dass wir die Hochzeit bei ihnen zuhause im kleinen Familienkreis feiern sollten. Damit waren wir einverstanden.

Die Einladungskarten wurden verschickt und das Festmahl besprochen. Mehre Kuchen sollte es geben, meine zukünftigen Schwägerinnen würden sie backen. Dann war es soweit.

Am 01.10.1948 fand die standesamtliche Trauung, zusammen mit zwei Trauzeugen, im Bürgermeisteramt in Helsa statt. Wir waren aufgeregt bei dieser Zeremonie und besiegelten mit unseren Unterschriften das Eheversprechen.

Nun konnten wir uns auf den nächsten Tag freuen.

Die kirchliche Trauung fand in unserer schönen Kirche.

Unsere Verwandten, meine Schwester mit Mann, die drei Schwestern und der Bruder von Kurt und seine Eltern waren gekommen. Gemeinsam gingen wir zur Dorfkirche. Ich trug das wunderschöne, weiße Spitzenbrautkleid mit Schleier und Kurt trug einen schwarzen Anzug mit weißem Hemd und einer Fliege. Die Kirchenglocken läuteten für uns bis wir in der Kirche waren, die Verwandten auf den Kirchenbänken Platz genommen hatten und wir, das Brautpaar, vor dem Altar standen. Der Pfarrer begrüßte uns und die Trauungszeremonie begann. Der Pfarrer predigte und fand schöne, persönliche Worte für uns. Die Kirchenbesucher und unsere Verwandten sangen Lieder. Es war sehr feierlich und ergreifend. Der Pfarrer erklärte uns zu Mann und Frau und segnete uns. Ich war so glücklich, als mich Kurt küssen durfte und konnte die Tränen des Glücks kaum zurückhalten. Ja wir liebten uns und wollten unser Leben miteinander verbringen.

Wir verließen Hand in Hand die Kirche, gefolgt von den Hochzeitsgästen, und gingen nach Hause um zu feiern. Im Wohnzimmer war eine große Tafel festlich gedeckt. Alle nahmen Platz, ließen es sich schmecken und tranken, lachten und unterhielten sich. Es war eine schöne Hochzeitsfeier im Familienkreis, die abends zu Ende ging.

Mein Mann und ich wohnten weiterhin bei den Pateneltern. Unsere Hühner gackerten froh im Garten und fühlten sich sehr wohl in ihrer Bleibe. Mittlerweile legten sie, zu unserer großen Freude, viele Eier. Die waren wichtig für unsere Ernährung, denn es gab noch nicht viel zu kaufen in dieser armen Nachkriegszeit. Wir waren sehr froh, dass wir den Garten hatten, wo wir Gemüse und Kartoffeln anbauen konnten, was dann geerntet, eingekocht und gelagert wurde. Milch konnten wir bei einem der Bauern im Dorf kaufen und mit den Eiern und Mehl konnten wir auch Brot und Kuchen backen, sodass wir nicht hungern mussten.

Wir beobachteten die Natur genau, um zu sehen, ob es was zu ernten gab. In diesem Jahr waren viele Bucheckern an den Rotbuchen gewachsen, das passierte nur alle fünf bis acht Jahre. Wir warteten auf den ersten Frost, der die Bucheckerhüllen aufplatzen ließ. Die kleinen, dreieckigen Früchte fielen ins Laub und auf den Boden. Wir jungen

Frauen zogen uns sehr warm an, wenn wir die Eckern aufsammeln wollten. Wir schnitten von den Fingerhandschuhen die Spitzen ab, um die kleinen Nüsse greifen zu können. Im Nachbarort wohnte ein junger Mann, der eine alte Ölpresse repariert hatte und damit Geld verdienen wollte. Zu ihm brachten wir unsere Ausbeute und bekamen das gepresste Öl von ihm. Natürlich nur so viel, dass es sich für ihn lohnte. Bucheckern-Öl gab es nicht zu kaufen, deshalb war das für ihn ein gutes Geschäft und wir hatten Öl für unsere Küche.

Es war Winter geworden, wir hatten viel Schnee und es war kalt. Ich wartete auf meinen Mann, der nach drei Tagen Zugfahrt einen Tag frei hatte. Die Arbeit war sehr anstrengend und nachts bekam er im Schlafwagen des Zuges auch nicht viel Schlaf durch das Rumpeln und Schütteln der Eisenbahnwagen. Zu Hause musste er sich erholen und richtig ausschlafen. Nachts fuhr er wieder nach Kassel, denn die Abfahrt des Zuges war um drei Uhr früh. Besonders im Winter bei Eiseskälte auf dem Bahnhof und in den Abteilen war die Arbeit kräftezehrend. Die Heizung im Zug funktionierte erst während der Fahrt und es dauerte jedes Mal.

Für mich gab es im Winter nicht viel zu tun. Ich versorgte jeden Morgen meine Hühner. Wenn ich die Türe der Hütte öffnete, flogen mir die Hühner entgegen, setzten sich auf die Futterschüssel und pickten gierig in das Futter. Gackernd flogen sie hin und her, setzten sich auf meine Schultern und warteten darauf, dass ich sie streichelte. Ich machte ihre Nester und den Boden sauber und holte frisches Wasser aus dem Bach. Bei dieser Kälte blieben die Hühner gerne in der Hütte und machten es sich in ihren Nestern bequem. Die frisch gelegten Eier nahm ich mit nach Hause. Tante freute sich immer, denn sie konnte dann leckere Kuchen backen und morgens gab es ein Frühstücksei.

Am Nachmittag machte der Patenonkel seinen Spaziergang und versorgte die Hühner. Er verschloss die Türen und Fenster, damit den Hühnern nachts nichts passierte. Es hätte sein können, dass Füchse, Marder oder andere Räuber in die Hütte eindringen und die Hühner töten und fressen. Der Winter brachte noch viel Schnee, Eis und Kälte und machte unser tägliches Leben noch anstrengender.

Der Schnee musste rund ums Haus weggeräumt werden Das machte ich, denn für die Pateneltern war es zu anstrengend. Ich hackte Holz und trug es in die Küche. Der Küchenherd wurde mit Holz befeuert. Er war zum Kochen, Backen und auch zum Heizen da. Wir hielten uns meistens in der großen Küche auf, denn das war der einzige geheizte Raum in der Wohnung. Wenn es in den anderen Räumen auch warm werden sollte, ließen wir die Türen zur Küche auf. An den Fensterscheiben bildeten sich Eiskristalle, die verschiedene Formen hatten. Am schönsten waren die Sterne, es gab sie in allen Größen. Das Glas der Fensterscheiben war dünn und mit Kitt im Fensterrahmen befestigt und deshalb nicht dicht. Aus alten Tüchern drehten wir Rollen und legten sie innen vor die Fenster, damit es weniger kalte Zugluft gab. Langsam schmolz der Schnee und erste Zeichen des Frühlings machten sich bemerkbar. Kleine Schneeglöckchen schauten vorsichtig unter dem Schnee hervor und im Garten kamen die Beete wieder zum Vorschein. Wir freuten uns alle auf die erwachende Natur und das Frühjahr.

Ein Baby

Wir wünschten uns ein Kind und eines Tages konnte ich meinem Mann freudestrahlend erzählen, dass ich schwanger sei. Kurt freute sich sehr und war überglücklich, genau wie ich.

Jetzt brauchten wir eine größere Wohnung. Meine Schwiegereltern hatten sich in Quentel mit den Fördermitteln für kinderreiche Familien ein Haus gebaut. Der Bruder von Kurt hatte mit Familie in Kassel gelebt und war im Krieg ausgebombt worden. Deshalb war er in die obere Wohnung im Haus der Eltern eingezogen. Da ihnen die Wohnung zu klein war, suchten sie seit längerem eine Wohnung in Kassel. Im Sommer erfüllte sich unser aller Wunsch, Wilhelm bekam für sich und seine Familie eine Wohnung in Kassel und zog aus. Die Schwiegereltern versprachen uns die Wohnung und wir suchten nach Möbeln, die wir brauchten. Ich hatte das Geld, dass ich als Serviererin verdient hatte, gespart und Kurt hatte ebenfalls Ersparnisse. Leider reichte das Geld nicht für alle Möbel aus, deshalb vereinbarten wir für den Restbetrag Ratenzahlung.

Endlich konnten wir in die Wohnung einziehen. Die neuen Möbel wurden uns geliefert. Wir waren so stolz und freuten uns über unsere erste eigene Wohnung. Kurt hatte sich ein kleines Auto gekauft, um auch nachts nach Kassel zur Arbeit fahren zu können, denn von Quentel gab es keine Zugverbindung nach Kassel. Wir gehörten zu den ersten im Dorf, die ein Auto hatten, das machte uns schon ein wenig stolz und wir genossen es, spazieren zu fahren.

Meine Cousine freute sich, dass ich nun wieder in Quentel wohnte und hoffte, dass ich ihr bei ihrer vielen Arbeit helfen würde. Das tat ich gerne, so oft ich konnte.

Als uns die Pateneltern von Kurt das erste Mal in unserer neuen Wohnung besuchten, waren sie begeistert. Die neuen Möbel gefielen ihnen sehr gut. Dann fragte mich der Patenonkel, was ich denn mit den Hühnern gemacht hätte, sie würden abends nicht in den Hühnerstall gehen. Ich musste lachen und sagte ihm, "Du musst jedes Huhn streicheln und dann auf die Stange setzen." Er sah mich ungläubig an und meinte lachend, das hätte ihm gerade noch gefehlt.

Es wurde Herbst. Ich hatte mich gut eingelebt in unserer neuen Wohnung und meine Schwangerschaft verlief problemlos. Der errechnete Geburtstermin war Anfang Dezember. Kurt hatte seinen Jahresurlaub aufgespart und für Anfang Dezember beantragt.

Samstags wurde im Dorfbackhaus immer Brot und Kuchen gebacken. Die Schwiegermutter hatte schon Brot gebacken und sie rief mich, damit ich die Blechkuchen in den Backofen schieben konnte. Plötzlich spürte ich ein Ziehen in meinem Bauch, dass sich wiederholte. Meine Schwiegermutter schaute mich prüfend an und meinte, es wären die ersten Wehen. Mein Mann war sehr nervös und er beobachtete mich genau. Die Abstände zwischen den Wehen wurden immer kürzer und schmerzhafter, aber mir ging es gut. Am Abend sagte dann die Schwiegermutter zu Kurt, er solle der Hebamme Bescheid sagen, die um kurz nach zweiundzwanzig Uhr bei uns war.

Bis jetzt hatte ich mich noch viel bewegt, nun sollte ich mich ins Bett legen, denn die Wehen kamen in sehr kurzen Abständen. Die Hebamme bereitete alles vor, was wir für die Geburt brauchten. Kurt stellte einen großen Topf Wasser auf den Herd und holte saubere Tücher. Die Hebamme war sehr erfahren und warmherzig. Sie sagte mir, wie ich atmen sollte und hörte meinen Bauch ab, um den Herzschlag des Babys zu kontrollieren. Sie schaute, wie weit sich der Muttermund schon geöffnet hatte und sagte: „Bald ist es soweit!". Kurt war die ganze Zeit bei mir, hielt meine

Hand und streichelte mich. Zehn Minuten nach zwölf kam unsere Tochter zur Welt. „Nun ist es auch noch ein Sonntagskind, herzlichen Glückwunsch zum kleinen Mädchen!" sagte die Hebamme, als sie das Baby untersucht hatte. Unsere Tochter war ein süßes, rosiges, lebhaftes Baby. Kurt nahm seine kleine Tochter auf den Arm und küsste sie ab mit Freudentränen in den Augen. Ich hatte alle Schmerzen der Geburt vergessen und betrachtete dieses süße kleine Wesen. Wir waren froh, glücklich und dankbar für unser Kind und waren nun eine zufriedene kleine Familie. Die Hebamme kam am nächsten Tag, untersuchte mein Baby und mich und stellte fest, dass alles in bester Ordnung war. Nun kam sie jeden zweiten Tag, um nach uns zu schauen.

Mein Mann war froh und glücklich, dass es seiner Frau und seiner Tochter gut ging. Er badete sein Kind liebevoll und kochte für mich mein Lieblingsessen. Wir waren ganz einfach glücklich. Am zweiten Tag nach der Geburt unserer Tochter bat ich meinen Mann um einen Stift und Papier und schrieb:

„Du Knospe klein, so zart und rein

Voll Unschuld und voll Süße,

Du kamst zur Freude zu uns Zweien und zu denen die Dich lieben.

So lebst Du nun auf dieser Erde, Gott mag es Dir belohnen.

Glück, Segen und Zufriedenheit, mögen immer bei Dir wohnen. „

Ich schrieb gerne kleine Gedichte oder Geschichten, es bereitete mir Freude, mich so auszudrücken

Unser kleiner Liebling lag zufrieden in seinem Stubenwagen, den ich mit buntem Stoff ausgepolstert hatte und schlief. Oma und Opa kamen oft hoch in unsere Wohnung und schauten nach ihrem ersten Enkelkind. Sie freuten sich über diesen kleinen Wonneproppen. Ich konnte mein Kind voll stillen und deshalb nahm es gut zu und entwickelte sich prächtig.

Nach einigen Wochen bekam es dann zusätzlich ein Fläschchen mit Alete Babynahrung.

Kurts Schwester Elfriede bot sich an, die Patentante unserer Tochter zu werden und deshalb bekam unsere Tochter ihren Vornamen und als Rufnamen Elfi. Die Taufe sollte im Frühjahr stattfinden.

Die Schwiegereltern hatten einen großen Garten hinter dem Haus und sie überließen uns einen Teil davon. Es wurde Frühling und wir genossen die warmen Tage im Freien. Unsere Tochter schlief im Kinderwagen und ich säte Salat, Gemüse und alles was wir brauchten. Ich war mit unserem Leben zufrieden und glücklich. Mein Mann war nach drei Tagen Arbeit ein oder zwei Tage bei uns zu Hause und er genoss das Zusammensein und Spielen mit seiner kleinen Tochter. Elfi war ein lebhaftes Baby, sie konnte früh sitzen, zog sich hoch und versuchte auf ihren kräftigen, kleinen Beinchen zu stehen. Bald sagte sie ihre ersten Worte, Mama, Papa, Oma und Opa. Alle waren begeistert von unserem kleinen Mädchen.

Der Bruder von Kurt wohnte in Kassel und er erzählte uns bei einem Besuch vom fortschreitenden Wiederaufbau der Stadt. Es hatten wieder Läden eröffnet und man konnte vieles einkaufen. Als meine Schwägerin Frieda nach Kassel fuhr, nahm sie mich mit. Wir zogen durch die neu eingerichteten Geschäfte und staunten über das große Angebot. An Kurts nächstem freien Tag fuhren wir nach Kassel und kauften ein Kinderbettchen. Wir richteten ein kleines Zimmer für unser Elfchen (das war der Kosename für Elfi) als Mädchenzimmer ein. Ich nähte aus buntem Stoff Vorhänge und Bettwäsche für das Kinderbett. Wir kauften noch einen Schrank und andere schöne Dinge, denn zum 1. Geburtstag unserer kleinen Tochter sollte alles fertig sein.

Die Geburtstagsvorbereitungen begannen. Alle Verwandten wurden eingeladen und einige versprachen zu helfen. Wir hatten uns für unsere große Wohnküche einen modernen Herd mit Backofen gekauft. Ich konnte nun zu Hause meine Kuchen und Torten backen und musste nicht mehr in das Dorfbackhaus gehen. Elfchens Oma backte die Blechkuchen, wie sie es gewohnt war, im Backhaus. Kurt hatte sich für den Geburtstag seiner Tochter frei genommen und half das Wohnzimmer von Oma umzuräumen. Es wurden mehrere Tische zusammengestellt, die von uns Frauen festlich gedeckt wurden. Die Geburtstagsgäste kamen, auch meine Schwester Liesel mit ihrem Mann und ihrem kleinen Sohn Siegfried, der inzwischen auch schon drei Jahre alt war. Nachdem sich alle um die Tische gesetzt hatten, präsentierten wir voller Stolz unser Geburtstagskind.

Kurt hielt sein Elfchen auf dem Arm und sie durfte einige der Geburtstagspäckchen aufreißen. Das machte ihr Spaß und sie quietschte vor Freude. Ich nahm meine Kleine an der Hand, denn sie konnte schon laufen. Nun kam ihr Papa mit seinem Geschenk, einem kleinen Colli-Hündchen. Elfchen riss sich los, lief zum Papa und streichelte stumm, mit großen Augen, das Hundebaby. Dann lachte sie und freute sich so sehr, dass sie auf ihren kleinen Beinchen hüpfte. Sie nahm das Hundebaby in die Arme und trug es wie eine Puppe herum, verlor das Gleichgewicht und saß auf ihrem Popo, das Hündchen noch immer im Arm. Die Geburtstagsgäste lachten und freuten sich über diesen Anblick. Sie stießen mit einem Glas Sekt auf das Wohl dieser beiden Babys an und wünschten alles Gute. Mehrere verschiedene Torten und Blechkuchen wurden aufgetischt. Es gab süße Sahne und richtigen Bohnenkaffee mit viel Zucker. Nach den vielen Jahren des Hungerns und des Verzichtes waren alle froh, endlich wieder schlemmen zu können. Man konnte essen, so viel man wollte, und jeder genoss es in vollen Zügen und war dankbar. Am Abend gab es ein leckeres Festessen und verschiedene Getränke mit und ohne Alkohol. Alle waren satt, glücklich und zufrieden, lachten und unterhielten sich. Es wurde bis spätabends gefeiert.

Familienleben mit Hund

Meine Schwägerin Frieda wohnte mit ihrer Familie in Kassel, denn ihr Mann arbeitete in Kassel-Bettenhausen in einer Fabrik. Als sie Oma und Opa das erste Mal mit ihrem Baby besuchten, stellte Frieda den Kinderwagen mit der kleinen Ingrid ins Schlafzimmer. Das Baby wollte aber nicht schlafen, sondern schrie. Elfchen hörte das und wollte unbedingt zum Baby gehen.

Sie zog sich am Kinderwagen hoch und sagte zur kleinen, schreienden Ingrid „Ingid kiesch net, nimm Sippel." Übersetzt hieß das: „Ingrid weine nicht, nimm den Zipfel". Sippel oder Zipfel war ein weiches Kuscheltuch, das Elfchen zum Einschlafen in ihre Ärmchen nahm, an ihr Gesicht drückte und am Daumen lutschte. Das war ihr Einschlafritual. Ja und die kleine Maus war der Meinung, sie müsste ihrer kleinen Cousine das empfehlen, damit sie einschlafen könne und nicht mehr weinen müsse. Diese Fürsorge berührte mich und auch Frieda. Es war der Beginn einer intensiven Beziehung zwischen den beiden Mädchen.

Immer, wenn sie zusammen waren, freuten sie sich, spielten miteinander und kuschelten, wenn sie zusammen schlafen durften. Sie blieben Freundinnen bis ins Alter.

Elfchens eigenes Zimmer war sehr schön geworden. Wir hatten es liebevoll eingerichtet, aber sie wollte nicht allein in ihrem Bettchen schlafen. Ich versuchte es mit allen Tricks, aber sie weinte jedes Mal und sagte „Nein, bei Mama schlafen". Ich konnte da nicht hart bleiben und sie durfte sich zu mir ins Bett kuscheln, wo sie gleich zufrieden einschlief. Wenn ihr Papa daheim war, hatte sie nur Augen für ihn. Sie war froh und glücklich, wollte getragen werden, schmuste und kuschelte mit ihrem Papa. Hatte er mal keine Zeit, lief sie zu ihm und rief „Papa kuscheln" und er konnte seinem Elfchen nicht widerstehen.

Das Frühjahr kam und wir waren viel im Garten. Elfchen saß in ihrem offenen Kinderwagen und Puppe, der kleine Hund, lief um sie herum. Wenn wir einkaufen gingen, lief Puppe neben dem Kinderwagen her, besuchten wir meine Schwester im unteren Dorf, ebenso. Wir gingen jeden Morgen zu meiner Cousine, um frische Kuhmilch in einer kleinen Kanne zu holen, auch hierbei begleitete uns die kleine Puppe und lernte so alles kennen. Wenn Elfchen und Puppe in der Wohnung spielten, liefen sie durch den Flur, vorbei an der steilen Treppe, die nach unten führte. Das war gefährlich und ich hatte Angst, dass sie runterfallen könnten.

Ich besprach meine Sorge mit Kurt und wir beschlossen, vom Schreiner ein Türchen oben an der Treppe anbringen zu lassen. Elfchen schaute zu, wenn wir über das Türchen griffen, um den kleinen Riegel zurückzuschieben, damit es sich öffnen ließ.

Elfchen tobte und spielte mit Puppe auf dem Gang. Mit ihren eineinhalb Jahren konnte sie schon sehr sicher rennen. Sie war eine sehr interessierte Beobachterin und neugierig. Eines Tages polterte es auf der Treppe und mein Kind fing an zu schreien. Ich rannte hin und sah, dass meine Kleine die Treppe runtergefallen war. Ich hob sie auf und tröstete sie, schluchzend legte sie ihr Köpfchen an meine Brust. Die kleine Puppe stand oben an der Treppe und fiepte, sie verstand nicht, was passiert war. Ich tastete meine Tochter ab, um zu sehen, ob sie verletzt war. Sie hatte Glück gehabt und war unverletzt, bis auf eine Beule an ihrer Stirn. Elfi hatte beobachtet, wie wir das Türchen öffneten und hatte sich offensichtlich innen hochgezogen, um den Riegel zurückschieben zu können. Dabei ist sie die Treppe runtergefallen.

Als Kurt nach Hause kam, erzählte ich ihm, was passiert war und er band mit einem Gurt das Türchen am Treppengeländer fest. Das Öffnen war jetzt zwar umständlicher, aber auch sicherer, denn das bekam die Kleine nicht auf.

Um Elfi an ihr Bettchen zu gewöhnen, kam ich auf die Idee, es mit Hilfe von Puppe zu versuchen. Der kleine Hund durfte während des Mittagsschlafes mit in ihrem Bettchen liegen. Das war ein durchschlagender Erfolg. Puppe kuschelte sich an mein Kind und ich las ein Märchen vor aus dem Buch der Brüder Grimm. Sie schlief selig lächelnd ein mit ihrer Puppe im Arm.

Wieder war ein glückliches Jahr vergangen und Elfchens zweiter Geburtstag nahte. Nach langem Überlegen beschlossen wir, ihr eine große Puppenstube zu schenken. Es sollte ein Puppenhaus werden, mit kompletter Einrichtung und kleinen Figuren. Im Dorf gab es einen Schreiner mit einer Werkstatt. Bei ihm bestellten wir das Puppenhaus, das drei Zimmer haben sollte, für Küche, Wohnzimmer und Schlafzimmer.

In Hessisch Lichtenau gab es jetzt einen Puppenladen mit einem großen Angebot. An seinem nächsten freien Tag fuhren Kurt, Elfchen mit Puppe (die musste immer dabei sein) und ich im Auto in die Kleinstadt und kauften kleine Möbel und viel Zubehör für die Puppenstube. Am Abend vor dem Geburtstag schlief Elfchen wie immer in unserem Bett, auch das hatte sie geschafft mit ihrer unbeschreiblichen Überzeugungskraft. Wir schlichen in die Küche und bauten die Puppenstube auf. Wir freuten uns, als wären wir selbst noch Kinder.

In die beiden unteren Räume kamen das Wohnzimmer und die Küche. Im Wohnzimmer setzten wir den Puppenpapa auf das Sofa und das Puppenkind auf den Fußboden zum Spielen. In der Küche stellten wir die Puppenmama an den Küchenherd zum Kochen. Auf den Herd stellten wir kleine Töpfe und daneben ein Löffelbrett mit Fleischgabel und Schöpflöffel. Am Herd konnte man die Backofentür auf- und zumachen. Den Küchentisch konnte man ausziehen, dann kamen zwei Spülschüsseln zum Vorschein, in denen das schmutzige Geschirr abgewaschen werden konnte. In den Küchenschrank stellten wir kleine Teller und Tassen.

Sogar eine Kaffeekanne gab es ebenso kleine Löffel, Gabeln und Messer. Im darüber liegenden Zimmer richteten wir das Schlafzimmer ein. Den Schrank stellten wir an eine Wand und an die gegenüberliegende das Ehebett mit zwei Nachtkästchen. Die kleine Spiegelkommode kam an die noch freie Seite. Für das Bett hatte ich Kissen und Decken genäht, und für das Sofa im Wohnzimmer Sofakissen und eine kleine Tischdecke für den runden Tisch. Als wir fertig waren, deckten wir die Puppenstube mit einem großen Tuch zu.

Ich hatte mit viel Liebe ein wunderschönes Kleid für meine Prinzessin genäht, das sie auch bekommen sollte.

Nun war ihr Geburtstag da. Wir gratulierten unserem Kind und busselten es ab. Ich schenkte ihr das schöne, neue Kleid und sie wollte es gleich anziehen. Es passte genau und mein Mädchen sah wunderschön aus. Aber dann zeigte ihr Kurt die Puppenstube. Elfchen tanzte und jauchzte vor Freude und umarmte ihren Papa. Sie war fasziniert von der Puppenwelt und spielte stundenlang. Nach ihrem Geburtstag wollten wir die Puppenstube in ihr Zimmer stellen, aber das wollte sie auf keinen Fall. Sie sagte: „Aber da kann ich nicht spielen, weil ich da alleine bin." Sie zeigte uns genau die Stelle in der Wohnküche, wo die Puppenstube stehen sollte und setzte sich mit ihrem kleinen Stühlchen davor. Sie spielte fast täglich und ließ ihrer Fantasie freien Lauf. Sie ließ die Puppen miteinander reden, kochte für sie, wusch dann das Geschirr ab, legte das Puppenkind schlafen und so weiter. Irgendwann fiel ihr auf, dass es in der Puppenfamilie keinen Hund gab und Kurt kaufte einen kleinen Hund aus Holz, der ihrer Puppe ziemlich ähnlich sah. Elfchen war überglücklich und die Welt war für sie wieder in Ordnung.

Meine Schwägerin mit ihrem vierjährigen Sohn Friedhelm kam uns besuchen. Die beiden Kinder spielten mit der Puppenstube. Puppe, unser Hundemädchen, lag auf ihrem Polster daneben und beobachtete sie. Die Kinder fingen an zu streiten und Puppe wurde unruhig. Sie fing an zu fiepen und stand auf. Als die Kinder laut wurden, ging Puppe zu Friedhelm, schnappte seinen Schal und zog ihn von der Puppenstube weg. Alle staunten und Friedhelm wurde sehr kleinlaut, er hatte wohl Angst bekommen. Wir Mütter mussten lachen. Ich lobte Puppe für ihr Verhalten, zeigte es doch, dass sie eine kluge Beschützerin für mein Kind war.

Aus dem Hundebaby war mittlerweile eine große, wunderschöne Collie-Hündin geworden, die Elfchen auf Schritt und Tritt folgte. Man merkte, dass sie ein Hütehund war, denn sie bewachte und verteidigte ihr Schäfchen. Elfchen konnte nicht mehr ohne ihre Puppe sein. Sie kuschelte und spielte mit ihr, hielt sich in ihrem langen, rot-weiß-schwarzen Fell fest und rannte mit ihr durch den Garten. Puppe hörte auf ihr Kommando und es war herrlich anzuschauen, wie dieses kleine Mädchen mit dem großen Hund umging.

Elfchens dritter Geburtstag nahte und wie jedes Jahr suchten wir nach einem Geschenk. Diesmal war es einfach, unser Kind wünschte sich eine große Puppe. Sie hatte gesehen, dass andere Mädchen mit Puppen spielten und das wollte sie auch. Wir fanden eine sehr große Zelluloidpuppe von der Firma Schildkröt, Modell Erika, mit beweglichen Armen und Beinen und beweglichem Kopf. Diese Geburtstagsüberraschung gelang. Elfi packte die Puppe aus und staunte, dass die fast so groß war wie sie selbst. Sie probierte aus, was die Puppe alles konnte: Arme und Beine bewegen, den Kopf drehen, sich hinsetzen und -legen und sie konnte stehen. Nun brauchte die Puppe was zum Anziehen. Die kleine Puppenmama lief zu ihrem Schrank und holte ihre Babysachen, die passten genau. Nun zog sie die Puppe an und aus, alle Kleidungsstücke wurden probiert. Die Puppe musste in ihrem Bett schlafen und beim Essen neben ihr am Tisch sitzen. Weihnachten bekam Elfi noch eine kleine Puppe mit dunkler Haut. Ich strickte und häkelte Kleidchen für die Puppen, Mützen, Jäckchen und Hosen. Auch Schuhe bekamen die Puppen und Schals, denn sie sollten ja nicht frieren.

Wir hatten sehr viel Schnee in diesem Winter und erledigten nun unsere Einkäufe mit dem Schlitten. Direkt vor unserem Haus ging die Straße steil bergab, das war ideal zum Runterfahren. Auf dem großen Holzschlitten hatten mein Kind und ich genug Platz. Wir fuhren den Berg hinunter, Elfi quietschte vor Freude und Puppe sauste nebenher. Es war ein prima Winterspaß. Wir gingen auch zu anderen Hügeln und fuhren mit dem Schlitten hinunter, immer begleitet von Puppe.

Urlaub in den Bergen

Mein Mann bekam als Angestellter der Mitropa im Jahr drei Freifahrten mit dem Zug, für sich und seine Familie. Er machte mir und Elfi eine riesengroße Freude, indem er einen Urlaub in Bayrischzell für uns beide buchte. Leider konnte Kurt den Urlaub nicht mit uns verbringen, aber er versprach, uns zu besuchen.

Die Bahnfahrt war sehr interessant und spannend für meine mittlerweile vierjährige Tochter. Sie staunte über den langen Zug mit den vielen Wagen und die Lokomotive, aus deren Schornstein dicke Rauchwolken kamen. Während der Fahrt stand sie am Fenster und schaute hinaus. Sie war fasziniert von den vorbeifliegenden Dörfern mit den Menschen und den Autos, die an den Bahnschranken warten mussten. Kühe auf den Weiden, Bauern, die ihre Felder bestellten, mit Kühen vor den Pflügen und weite, grüne Wälder waren zu sehen. Sie redete und erzählte mir, was sie alles sah. Irgendwann war sie so erschöpft, dass sie in meinen Armen einschlief.

Am späten Abend kamen wir in Bayrischzell an. Der Hausherr der Pension holte uns am Bahnhof ab und begrüßte uns freundlich. Wir waren sehr müde von der langen Fahrt und gingen bald ins Bett. Elfi schlief wie immer bei Mama im Bett. Als ich am nächsten Morgen aufwachte, stand Elfi im Sessel vor dem Fenster und rief:" Mama, Mama, da sind ganz hohe Berge, wie beim Schneewittchen".

Nach dem Frühstück liefen wir durch den Ort und Elfi freute sich über alles, was sie sah. Sie fragte und fragte und ich antwortete so gut ich konnte. Zum Mittagessen gingen wir in ein Speiselokal, das gut besucht war. Elfi staunte und fragte: „Was wollen die Leute alle hier?" Ich erklärte, dass die alle, so wie wir, hier essen wollten.

Am nächsten Tag spazierten wir bergauf. Auf einer Wiese, die steil hinaufging, standen Kühe und grasten. Elfi sah das, überlegte, schüttelte den Kopf und fragte: "Mama, warum fallen die Kühe da nicht runter?" Ich erklärte meiner Tochter, dass die Kühe auf einem sehr schmalen Pfad standen und sehr geschickt waren. Schon als kleine Kälbchen waren sie hier mit ihren Kuh-Mamis unterwegs und haben es gelernt, steile Hügel hochzusteigen. Ich war stolz auf mein wissbegieriges Kind.

Dann kam der Tag, auf den Elfchen so sehr gewartet hatte.
Ihr Papa kam, um uns zu besuchen. Wir holten Kurt vom

Bahnhof ab. Als Elfchen ihren Papa sah, rannte sie zu ihm
und sprang an ihm hoch, bis er sie auf den Arm nahm. Nun
busselte sie ihn ab, drückte ihren Papa ganz fest und wollte
ihn nicht mehr loslassen. In der Pension angekommen erzählte Elfi von den vielen neuen Dingen die sie gesehen
hatte, wo wir waren und was wir erlebt hatten.

Ich hatte eine Busfahrt zum Tatzelwurm bei Oberaudorf
gebucht. Elfchen saß auf Papas Schoß und staunte über die
Landschaft mit den Hügeln und den hohen Bergen. Im

Ausflugslokal Tatzelwurm mit der traumhaften Fernsicht setzten wir uns auf die Terrasse und genossen ein leckeres Mittagessen. Elfchen bekam zum Nachtisch ein großes Eis, das sie genussvoll schleckte.

Am späten Nachmittag fuhren wir mit dem Bus zurück und gingen zum Abendessen in ein Lokal in Berchtesgaden. Mein Mann musste nachts schon wieder zur Arbeit und der Abschied fiel uns sehr schwer. Elfchen weinte bitterlich, weil ihr Papa nicht bleiben konnte.

Die Tage vergingen sehr schnell und dann war der Urlaub vorbei. Elfi freute sich auf ihren Hund Puppe und ich freute mich auf unser schönes, gemütliches Zuhause. Die Heimfahrt mit dem Zug war wieder sehr kurzweilig. Der Blick aus dem Zugfenster bot ständig neue Ansichten, Elfi schaute und fragte, wurde müde und schlief in meinen Armen ein.

Dann erreichten wir Kassel. Kurt stand auf dem Bahnsteig und erwartete uns. Die Wiedersehensfreude war sehr groß und Elfchen war sehr froh, ihren Papa endlich wiederzuhaben. Wir fuhren mit dem Auto nach Hause und wurden von Puppe so stürmisch und freudig begrüßt, als wären wir eine Ewigkeit weggewesen. Elfi drückte ihre Puppe so fest, dass die quietschte. Oma und Opa hatten unsere Puppe gut versorgt und sie erzählten, dass der Hund oft sehr traurig dagelegen habe, weil er natürlich nicht verstand, warum seine Familie nicht da war. Umso glücklicher war Puppe nun, weil sie ihre ganze Familie wiederhatte.

Puppe

Elfi ging nun gerne in ihr Zimmer und in ihr Bett. Puppe war schon zu groß, um in ihrem Bett zu schlafen, aber sie hatte ihren Platz direkt neben dem Bett und das war für beide in Ordnung. Am Abend vor dem Einschlafen beteten wir Elfis kleines Nachtgebet und dann musste ich ihr ein Märchen aus einem ihrer Märchenbücher vorlesen. Dieses Einschlafritual genossen wir beide sehr.

So verging die Zeit. Kind und Hund wurden immer selbstständiger. Elfi malte sehr gerne Bilder mit ihren vielen Malstiften und Puppe lag neben ihr. Am Morgen gingen Elfi und Puppe ins Dorf zu meiner Cousine, um in einer kleinen Milchkanne frische Milch zu holen. Ich konnte aus unserem Küchenfenster beobachten, wie sie die volle Milchkanne mit ausgestrecktem Arm im Kreis schleuderte. Ich sagte zu ihr, dass es gefährlich sei, denn sie könne dabei Milch verschütten. Sie sah mich mit großen Augen an und antwortete: "Mama, wenn ich schnell schleudere, verschütte ich keine Milch." Ach, mein Kind, es hatte immer eine Antwort parat.

Elfi spielte mit den Nachbarstöchtern, ihre Puppe war wie immer dabei. Unsere Hündin hieß eigentlich Arkora, aber wir nannten sie Puppe, weil Elfi die kleine Hündin, die sie zu ihrem ersten Geburtstag bekam, wie eine Puppe herumgetragen hatte. Seitdem hieß es „Elfi und ihre Puppe", denn es gab sie nur im Doppelpack. Das war für alle in Ordnung, denn Puppe war sehr lieb und friedlich und passte sich perfekt der jeweiligen Situation an. Hauptsache sie konnte bei ihrem Schäfchen sein.

Der Stammhalter

Unser großer Wunsch sollte in Erfüllung gehen, ich war wieder schwanger. Kurt und ich freuten uns sehr auf unser zweites Kind, das im März geboren werden sollte. Wir besprachen alles Mögliche und Elfi hatte das Wort schwanger aufgeschnappt. Als wir allein waren, fragte sie mich: "Mama, was ist schwanger?" Ich versuchte ihr kindgerecht zu erklären, dass sie bald ein Geschwisterchen bekommen würde, das in meinem Bauch heranwächst. Sie schaute mich ungläubig an und ich merkte, wie es in ihrem kleinen Kopf ratterte. Sie fragte aber nicht weiter.

Es wurde wieder Winter und Elfchens sechster Geburtstag nahte. Sie bekam eine Schultasche, ein Federmäppchen, viele Buntstifte und einen großen Malblock. Nun war unser Kind beschäftigt mit Malen und ersten Schreibübungen.

Die Monate vergingen und es wurde März. Ich wartete auf mein zweites Kind. Der Stubenwagen und die Wickelkommode standen bereit, das Baby konnte kommen. Mein Mann hatte seinen Jahresurlaub zum errechneten Termin genommen, um bei der Geburt dabei zu sein und mir zu helfen. Der Termin nahte, aber ich hatte das Gefühl, mein Bauch würde nicht mehr dicker werden, körperlich ging es mir aber gut. Mitte März fuhren wir zu unserem Hausarzt, weil ich Angst hatte, dass irgendetwas nicht stimmt. Nach einer gründlichen Untersuchung sagte er, dass alles in Ordnung sei, das Kind würde in den nächsten Tagen kommen. Ich war nicht beruhigt, sondern machte mir Sorgen. Für unser Dorf war nun eine neue, junge Hebamme zuständig. Auch sie untersuchte mich und kam zum gleichen Ergebnis wie der Hausarzt.

Dann bekam ich abends sehr starke Schmerzen. Mein Mann rief die Hebamme an und die kam mit ihrem kleinen Auto. Die Schmerzen wurden noch stärker, ich bekam Presswehen und dann war unser Kind da.

Wir hatten einen kleinen Sohn und waren überglücklich. Die Hebamme badete das Baby und ich sah, dass sie etwas von der Haut abzupfte. Beunruhigt fragte ich, was das sei. Sie erklärte, es sei trockene Haut. „Der Geburtstermin war überschritten, die Nabelschnur war halb ausgetrocknet, das heißt, das Baby wurde nicht mehr ausreichend in der Gebärmutter versorgt und ist deshalb so dünn. Sie haben ihr Kind übertragen". Das war die Erklärung für meine Sorgen um mein ungeborenes Kind. Ich hatte gespürt, dass etwas nicht in Ordnung war. Der Arzt konnte aber mit den damaligen Untersuchungsmöglichkeiten nichts feststellen. Wir machten uns große Sorgen und hatten Angst um unseren kleinen Sohn.

Ich musste noch drei Tage im Bett bleiben, Kurt versorgte und pflegte uns, wickelte seinen Sohn und kochte Essen. Unser Sohn lag immer bei mir. Sobald er sich bewegte, legte ich ihn zum Trinken an meine Brust, aber schon nach ein paar Schlucken war er wieder müde und schlief ein. Wenn er sich rührte ließ ich ihn wieder trinken. So ging es Tag und Nacht und wir schliefen zwischendurch beide erschöpft ein. Auf Anraten der Hebamme kaufte mein Mann eine Babywaage, damit wir die tägliche Gewichtszunahme unseres Sohnes feststellen konnten.

Der Urlaub von Kurt war vorbei und er musste wieder zur Arbeit. Nun musste ich wieder alles alleine machen. Ich wog unseren Sohn jeden Tag und er nahm ganz normal zu. Er wurde kräftiger und lebhafter. Tagsüber lag er im Stubenwagen mit einer Wärmflasche unter seiner Decke und nachts lag er in meinem Bett.

Bei all den Sorgen um unseren Sohn war Elfi etwas zu kurz gekommen. Als ich ihr Brüderchen wieder mal stillte, stand

Elfi traurig vor mir und fragte: „Mama hast Du mich denn gar nicht mehr lieb?" Ich erschrak sehr und wollte von ihr wissen: „Warum fragst Du mich denn sowas, mein Schatz?" „Du kümmerst dich nur noch um Thomas und hast keine Zeit mehr für mich." Ich nahm meine Tochter in den Arm und erklärte ihr, warum ich mich so intensiv um Thomas kümmern musste. Dann fragte ich sie, ob sie mir helfen möchte, Thomas zu versorgen. „Oh ja Mama das mache ich gerne und ich kann das auch schon", war ihre Antwort.

Von nun an half sie mir, wo es ging. Sie holte den Schemel, damit ich die Füße beim Stillen ihres Brüderchens draufstellen konnte. Sie holte, brachte und reichte mir, was ich brauchte und sie tragen konnte.

Liebevoll streichelte sie ihr Brüderchen und spielte mit ihm. Thomas entwickelte sich prima und wurde ein richtig süßes, herziges Baby.

Elfi ging nun zur Schule, hier in unserem Dorf. Sie lernte gerne, leicht und freute sich, wenn sie zur Schule gehen konnte. Ein Fotograf kam eines Tages in die Schule, um von allen Schulkindern und dem Lehrer ein Foto zu machen.

Elfi ist in der ersten Reihe die Zweite von rechts.

Für Puppe war das neu. Sie durfte nicht mit und lag traurig in Elfis Zimmer, sie brauchte unbedingt eine neue Aufgabe.

Bei schönem Wetter stellte ich den Kinderwagen mit dem Baby in unseren Garten. Puppe ging mit in den Garten. Ich erklärte ihr, dass sie nun gut auf den Kinderwagen mit dem Baby aufpassen sollte. Sie sah mich an und legte sich neben den Kinderwagen. Ich ging ins Haus, sah aus dem Fenster und war beruhigt, Puppe bewachte das Baby.

Plötzlich hörte ich eine laute Männerstimme sagen: „Puppe warum spinnst du denn heute so, du kennst mich doch." Ich sah einen Handwerker mit Eimer in der Hand und Leiter über der Schulter vor dem Gartentürchen stehen. Ich erzählte ihm, welchen Auftrag Puppe von mir bekommen hatte, und dass er deswegen nicht in den Garten durfte. Ich lobte meinen Hund und versuchte sie zu beruhigen. Aber sie hatte sich so aufgeregt, dass sie den Handwerker an der Hose packte, als er mit mir in den Garte ging. Wir lachten und Puppe beruhigte sich.

Wenn Elfi aus der Schule nach Hause kam, war die Freude jedes Mal groß. Puppe sprang herum und wedelte, Elfi umarmte ihre Puppe und streichelte sie. Tommy war ein lebhaftes Baby geworden und es machte uns Spaß, nun zu viert zum Einkaufen zu gehen. Tommy im Sitzwagen und Elfi mit Puppe nebenher. Wir besuchten meine Cousine, um Milch zu holen, bei meiner Schwester holten wir frische Eier und beim Metzger gab es gute Wurst zu kaufen. Der Dorfladen hatte inzwischen vieles, was man im täglichen Leben so brauchte, vom Kaffee bis zum Waschpulver. Ich fühlte mich wohl in unserem Dorf, denn die Kinder hatten viel Freiheit und konnten sich frei bewegen. Jeder kannte jeden und die Dorfbewohner passten aufeinander auf. Wenn Kurt frei hatte, besuchten wir oft seine Pateneltern in Helsa. Die Freude war jedes Mal groß, denn sie mochten Elfi und Tommy sehr gerne. Wir verbrachten viel Zeit im Garten, ernteten Salat und Möhren und die Kinder naschten Beeren und Früchte. Elfchen sammelte die Eier aus den Hühnernestern ein, und wir freuten uns über die frischen Eier, mit denen ich dann wieder Kuchen backen konnte.

Tommy konnte inzwischen stehen und so holten wir uns den Laufstall, den wir Frieda für die kleine Ingrid geliehen hatten, zurück. Jetzt konnte Tommy gefahrlos kriechen und sich an den Gitterstäben hochziehen.

Elfchen saß oft mit ihm im Laufstall und spielte mit ihm. Sie übte mit ihrem kleinen Bruder Schritt für Schritt das Laufen und dann klappte es. Stolz zeigte sie ihrem Papa, was ihr kleiner Bruder gelernt hatte. Manchmal kuschelte sie sich zu ihrem kleinen Bruder ins Bettchen.

Wenn er nicht schlafen wollte, las sie ihm ein Märchen vor, das hatte sie mittlerweile in der Schule gelernt. Puppe war wie immer dabei und lag vor dem Bettchen. Tommy liebte unsere Puppe und krabbelte mit ihr durch die Wohnung. Sie war die perfekte Babysitterin, so wie sie es bei Elfi auch gewesen war. Nun hatte die Collie-Hündin zwei Schäfchen in ihrer Herde und sie war sehr umsichtig und gewissenhaft bei ihrem Job.

Meine Schwester bat mich um Hilfe bei der Feldarbeit. Sie hatte auf einem Acker Kraut gepflanzt und der musste gehackt werden, zum einen, um das Unkraut rausziehen zu können, und zum anderen, um die Erde aufzulockern, damit die Pflanzen besser wachsen konnten. Es war ein sonniger Morgen und ich fuhr mit Tommy im Sitzwagen und Puppe nebenher zu meiner Schwester. Sie hatte schon vorbereitet, was wir mitnehmen mussten. Auf dem grasbewachsenen Feldweg neben dem Acker, breitete ich eine Wolldecke aus und setzte meinen Sohn darauf, damit er sich mit seinen Spielsachen beschäftigen konnte. Puppe legte sich daneben und ich trug ihr auf, „Pass gut auf Tommy auf." Liesel und ich machten uns an die Feldarbeit und hackten eine Furche nach der anderen. Als ich mich nach meinem Sohn umschaute, war er nicht auf seiner Decke und auch sonst nicht zu sehen. Auch der Hund war verschwunden und ich bekam einen riesigen Schreck. Ich lief zur Decke, schaute mich um und rief nach Puppe. Sie stand ungefähr zehn Meter entfernt im Krautacker und wedelte mit dem Schwanz. Ich lief zu ihr und sah Tommy neben ihr sitzen und mit Raupen spielen. Er hatte die haarigen Tiere von den Krautpflanzen abgezupft und sich auf die Jacke gesetzt. Voll Freude zeigt er mir eine Raupe in seiner Hand. Er sagte „ei, ei" und streichelte die kleine Raupe. Mich ekelte es vor den Raupen, ich nahm meinen Sohn und schüttelte ihn hin und her, in der Hoffnung, dass die Raupen abfallen würden. Aber nicht alle fielen runter und ich musste die verbliebenen abpflücken. Ich fand das wirklich schlimm, aber Tommy fand das lustig und er lachte und freute sich über das Schüttelspiel. Mittags gingen wir nach Hause, denn Elfi kam bald von der Schule und sie hatte immer großen Hunger. Ich kochte unser Mittagessen.

Die Pateneltern von Kurt waren nun auch schon alt und schwach geworden. Sie brauchten immer mehr unsere Hilfe und wir fuhren nach Helsa. An der Gartenhütte musste was repariert werden und Oma brauchte meine Hilfe bei der Gartenarbeit. Wir halfen gerne und fühlten uns im Garten wohl. Tommy war nun drei Jahre alt und er freute sich über die Käfer und Würmer. die er fand, roch an den schönen Blumen und rannte mit seiner großen Schwester um die Wette durch den Garten. Er wollte seinen Vater mit einer Blume bewerfen, der merkte das und fotografierte seinen Sohn in genau diesem Moment. Alle lachten und Tommy freute sich besonders. Die Oma hatte einen Kuchen gebacken und Kaffee gekocht und wir ließen es uns schmecken. Wir nahmen wieder Obst und Gemüse mit und die frischen Eier die Elfi eingesammelt hatte und fuhren nach Hause.

Es war Herbst geworden und die warmen Tage waren vorbei. Elfi freute sich schon auf den Winter und den ersten Schnee. Schlittenfahren zusammen mit ihrer Puppe war ihr liebster Wintersport, aber es gab ein Problem. Wir hatten nur einen großen Holzschlitten und wie sollte das gehen mit Tommy. Also kauften wir einen zweiten Schlitten und damit Tommy nicht runterfiel, ließen wir vom Schreiner einen Sitz mit Rückenlehne darauf befestigen.

Endlich fiel der erste Schnee. Elfi hatte sich mit Schulfreunden zum Schlittenfahren verabredet, auf dem Schlittenberg, den ich schon als Kind runtergefahren bin mit Kurt. Elfi nahm sich kaum Zeit zum Mittagessen, sie musste mit Puppe los. Am Abend kam sie erschöpft, aber strahlend nach Hause und erzählte wie toll es war. Sie sei auf dem Schlitten den Berg hinuntergefahren und Puppe nebenher gesaust. Bergauf habe sie das Schlittenseil um den Hals von Puppe gelegt und die habe den Schlitten hochgezogen. Alle Kinder hätten sie beneidet, denn keiner hatte so einen tollen Hund wie Puppe. Ihr Papa sagte: „Wenn Puppe das so gut gemacht hat, nähen wir ihr ein Brustgeschirr, mit dem kann sie den Schlitten ziehen wie ein Schlittenhund.

Wir kauften ein breites Gurtband und ich nähte das Brustgeschirr. Kurt montiere eine Halterung an den Schlitten für die Gurte. Puppe schaute ihm neugierig zu. Sie ließ sich das Geschirr anziehen und war ganz ruhig und brav dabei. Dann probierten wir aus, ob es funktionierte. Tommy wurde in eine warme Decke gepackt und auf den Schlitten gesetzt. Elfi nahm Puppe am Geschirr und führte sie. Puppe lief brav voran, aber wenn sie ziehen sollte, blieb sie stehen. Wir probierten es mit Schieben und Ziehen und irgendwann hatte Puppe verstanden, was wir von ihr wollten, sie

zog den Schlitten. Elfis Freude war riesig, sie hatte jetzt einen richtigen Schlittenhund. Der Schnee lag hoch und ich fuhr nun mit dem Schlitten, auf dem Tommy saß, zum Einkaufen, zu meiner Cousine und zu meiner Schwester. Puppe lief nebenher. Das war für mich praktisch, denn ich konnte die Einkäufe vorne auf den Schlitten stellen und musste nichts tragen.

Die Zugspitze

Unseren nächsten Sommerurlaub verbrachten wir in Bayern, in Grainau. Wir wollten uns die Zugspitze anschauen. Die Pension Buchenhain in Grainau war sehr gemütlich und gut eingerichtet. Wir hatten zwei Zimmer mit Verbindungstür und Tommy und Elfi fanden das alles toll. Wenn man Tommy fragte wie alt er sei, zeigte er drei Finger und lachte und strahlte. Er war ein sehr aufgewecktes und freundliches Kind, das man einfach lieben musste. Elfi nahm ihn an der Hand und zeigte ihrem kleinen Bruder die Welt.

Kurt hatte sich einen neuen Fotoapparat der Marke Vogtländer gekauft und wir fotografierten um die Wette. Tommy und Elfi waren unsere liebsten Fotomodelle und es wurden wunderschöne Erinnerungsbilder von unseren Unternehmungen in dieser traumhaften Landschaft. Am zweiten Tag fuhren wir mit einer Gondel auf das Kreuzeck, einen hohen Berg mit einem Restaurant, auf dessen Terrasse wir zu Mittag aßen. Die Fernsicht war atemberaubend. Unsere Kinder zeigten in die Ferne und fragten, was dies sei und wie weit das andere weg wäre. Kurt fotografierte uns auf der Almhütte, als wir frische Kuhmilch tranken und selbstgebackenes frisches Brot mit Butter und Almkäse genossen. Wir liefen weiter auf dem Bergpfad, Kurt trug unseren Sohn auf den Schultern und Tommy lachte vor Freude, denn jetzt konnte er seine große Schwester von oben an den Haaren ziehen. Die Bergsonne schien und wärmte uns. Es war ein perfekter Urlaubstag.

In Grainau hatten wir uns Urlaubskleidung gekauft. Tommy hatte eine Lederhose bekommen, die er immer tragen und nicht mehr ausziehen wollte.

Elfi bekam ein Dirndl, in dem sie herzallerliebst aussah. Sie drehte sich vor dem Spiegel hin und her und sagte: „Mama jetzt musst Du mir noch Zöpfe flechten, damit ich schön aussehe". Ich gönnte mir ein Dirndl aus Brokatstoff mit aufwendiger Raffung am Ausschnitt und einer passenden Dirndlschürze. Kurt wollte weder eine Lederhose noch eine Trachtenjacke, selbst einen Hut verweigerte er.

Nach einem Ruhetag in der Pension beschlossen wir, zum Baden zu gehen. Wir liefen durch den Wald und kamen zu einem romantischen Bergsee, dem Badersee. In dem urigen kleinen Gasthaus am Ostufer machten wir Mittagspause.

Die Kinder hatten Paddelboote entdeckt und wollten unbedingt Boot fahren. Wir paddelten mit dem Boot in die Mitte des Sees und konnten so die umliegenden Berge betrachten.

Natürlich mussten wir wieder viele Fotos machen, denn hier war es einmalig schön und das musste festgehalten werden, damit wir zu Hause was zum Anschauen hatten. Kurt brachte in Grainau die Fotos gleich in ein Geschäft zum Entwickeln, damit wir sehen konnten, ob sie gut geworden waren. Das war immer sehr spannend, denn man musste ja zuerst die kleinen Filmrollen kaufen, sie in den Fotoapparat stecken und dann fotografieren, wobei man zwar durch den Sucher Bildausschnitte sehen konnte, nicht aber die Qualität der Fotos. Es war ein teures Vergnügen, jeder Abzug, bzw. jedes Foto kostete Geld, egal ob es gut geworden war oder nicht. Nach drei Tagen waren die Fotos fertig, und wir waren stolz, weil die meisten Fotos gelungen waren.

Es war das Jahr neunzehnhundertachtundfünfzig. Der Fremdenverkehr war schon in vollem Gange. Viele Touristen waren unterwegs und bevölkerten die Orte in Bayern. In Garmisch-Partenkirchen war amerikanisches Militär in einer großen Kaserne stationiert. Die Soldaten fuhren mit ihren Jeeps durch die Straßen. Verschiedene Lokale und Hotels waren nur für sie reserviert. Die Angehörigen des Militärs konnten hier Urlaub machen und man sah sie und hörte amerikanische Gespräche. Das alles war sehr neu für uns und Elfi kam aus dem Staunen nicht mehr raus. Sie wollte wissen, was die Soldaten hier machten und warum sie so komisch sprachen und anders aussahen. Da waren Männer mit dunkelbrauner Haut, die mit ihren Frauen und Kindern durch den Ort spazierten. Die kleinen Mädchen hatten lustige Frisuren mit vielen kleinen Zöpfen auf dem Kopf, in die bunte Schleifen gebunden waren. Die kleinen Jungs hatten sehr kurz geschorene, schwarze, gekräuselte Haare und alle waren so anders gekleidet als wir. In unserem kleinen Dorf bekamen wir von den Entwicklungen im Land nicht viel mit, hier schon.

Nun wollten wir auf den höchsten Berg der deutschen Alpen, die Zugspitze. Wir konnten den Gipfel von unserer Pension aus sehen. Der Berg war so hoch und steil, dass wir neugierig waren, wie es da oben wohl sein würde.

Vom Bahnhof in Grainau fuhr die Zahnradbahn ab, die uns auf den Gipfel bringen sollte. Elfi wollte wissen, was eine Zahnradbahn ist. Ihr Papa erklärte genau die Funktion und Elfi und Tommy hörten gespannt zu. Die alte Zahnradbahn, die von der Berglokomotive gezogen wurde, fuhr ratternd in den Bahnhof ein. Wir stiegen ein und Tommy setzte sich sicherheitshalber auf Papas Schoß, Elfi stand am Fenster. Nach kurzer, langsamer Fahrt vorbei an Häusern, Wiesen und dem Eibsee ging es steil bergauf. Wir hörten ein krachendes Klicken und Kurt erzählte: „Jetzt hat sich das Zahnrad der Lokomotive in die Zahnstangen zwischen den Schienen eingehakt und der Zug kann nicht mehr zurückrollen. Nach dem Haltepunkt Riffelriss begann der viertausendfünfhundert Meter lange Tunnel. Plötzlich war es ganz dunkel. Elfi nahm schnell meine Hand und Tommy drückte sich an seinen Papa, dann ging die Beleuchtung an. Elfi fragte und Papa antwortete. So ging es bis wir am unterirdischen Endbahnhof unter dem Schneefernerhaus ankamen. Mit dem Aufzug fuhren wir auf die Aussichtsplattform. Der Krieg hatte auch hier seine Spuren hinterlassen und es war noch nicht wieder alles instandgesetzt worden. Die Wiedereröffnung des Lokals im Schneefernerhaus sollte erst im nächsten Jahr erfolgen.

Die Kinder staunten und freuten sich über den vielen Schnee. Skifahrer vergnügten sich und ließen sich von mehreren Skiliften immer wieder hinaufziehen, um dann schnell wedelnd wieder hinunterzufahren.

Wir stiegen hoch zum Münchner Haus mit seiner urigen alten Gaststube.

Die Fernsicht war atemberaubend. Wir konnten hinunterschauen nach Grainau und unsere Pension sehen. Der Grenzübergang Ehrwald war zu erkennen und wir schauten weit hinein nach Österreich. Wir holten uns zwei Liegestühle und machten es uns bequem. Zahme, kleine Bergziegen liefen auf der Wiese umher und unsere Kinder spielten mit ihnen.

Sie rupften Gras und die braunen Ziegen mit den kleinen schwarzen Hörnern fraßen ihnen aus der Hand. Am späten Nachmittag fuhren wir mit der Zahnradbahn wieder hinunter nach Grainau und die Kinder erzählten noch am Abend von ihren Erlebnissen.

Der Urlaub war zu Ende, die Koffer wurden gepackt, es folgte eine herzliche Verabschiedung von den Pensionsbesitzern und dann brachten sie uns zum Bahnhof in Grainau.

Der Eilzug fuhr ein und wir gingen in ein reserviertes Abteil, das wir ganz für uns alleine hatten.

Hier konnten wir es uns gemütlich machen, denn viele Stunden Zugfahrt lagen vor uns. Vorne im Zug war ein Speisewagen mit einer Küche, wo verschiedene Essen gekocht wurden. Kurt führte uns zum Mittagessen in den Speisewagen. An einem weiß gedeckten Tisch am Fenster nahmen wir Platz. Kurt ließ sich vom Ober eine Speise empfehlen und wir bestellten. Das Essen war gut, der Wein ebenso und die Kinder fanden ihre Limo auch in Ordnung. Zum Nachtisch gab es zur Freude von Elfi und Tommy Eis. Zurück im Abteil schlief Tommy in Papas Armen ein und Elfi wenig später auf meinem Schoss. Nach vielen Stunden erreichten wir Kassel Hauptbahnhof und fuhren mit unserem Auto nach Hause. Wie immer wurden wir von Puppe überaus wild und freudig begrüßt. Wir waren froh wieder zu Hause zu sein und der Alltag nahm seinen Lauf.

Eine neue Schule

Die Schule hatte wieder begonnen und der erste Elternabend fand statt. Elfis Lehrerin redete mit Kurt und mir. Sie lobte die schulischen Leistungen unseres Kindes und auch mit ihrem Benehmen war sie zufrieden. Sie sagte: "Elfi ist eine gute Schülerin, sie lernt gern und schnell, sie könnte ohne weiteres eine weiterführende Schule besuchen". Wir waren stolz auf unser Kind und gingen glücklich nach Hause. Nach langem Überlegen, wie wir Elfi ermöglichen könnten, eine Realschule zu besuchen, kamen wir zu dem Entschluss, nach Kassel umzuziehen, denn im ländlichen Bereich gab es keine weiterführenden Schulen und auch keine Schulbusse für die Kinder. Nun fragten wir unsere Tochter, was sie von einem Schulwechsel und einem Umzug halten würde. Elfi war begeistert, sie freute sich auf eine neue Schule und auf den Umzug in die Große Stadt.

Nun begann die schwierige Suche nach einer Wohnung. Kassel war nach der großen Zerstörung im Krieg erst zum Teil wiederaufgebaut und viele frühere Stadtbewohner warteten noch immer auf eine neue Wohnung. Wir waren schon verzweifelt, denn wir hatten auch nach Monaten noch nichts gefunden. Dann rief uns Kurts Bruder an, der nach dem Krieg wieder nach Kassel gezogen war. Er hatte durch einen Arbeitskollegen von einem Bäckermeister mit gutgehender Bäckerei in Kassel-Bettenhausen erfahren, der ein Mietshaus bauen wollte. Mein Mann nahm Kontakt auf und bewarb sich um eine der Wohnungen. Wir bekamen die Zusage für die Wohnung, deren Fertigstellung für den Herbst geplant war. Das tollste war, die zukünftige Schule für Elfi und Tommy war nur dreihundert Meter entfernt.

Nun konnten wir die restliche Zeit genießen, die wir noch in unserem schönen Dorf wohnten. Wir gingen viel mit Puppe spazieren, in den Wald und auf die Wiesen. Tommy war sehr interessiert an allen Tieren die er fand. Kleine Käfer, Regenwürmer und Schnecken fand er sehr spannend. Er zeigte mir alle und wollte wissen, wie sie heißen und was sie machen. Elfi und Tommy plantschten in dem Wiesenbach, der vor sich hinplätscherte und in dem es so viel zu entdecken gab. Dann suchten sie sich Steine zusammen, die sie mit Erdklumpen aus dem Bach zu einem Staudamm bauten.

Tommy trug sehr oft seine heißgeliebte Lederhose und war stolz, wenn ihn die Nachbarskinder bewunderten, denn niemand im Dorf hatte eine Lederhose, außer ihm. Elfi liebte ihren kleinen Bruder über alles und nahm ihn sehr oft mit raus zum Spielen. Sie war seine Beschützerin und deshalb konnte er es sich auch leisten, manchmal frech zu sein. Wenn ihn dann die anderen Kinder schlagen wollten, drohte er, es seiner Schwester zu sagen, die würde es ihnen schon zeigen. Elfi gefiel sich in der Beschützerrolle und das merkte der kleine Bursche natürlich genau.

Sommerurlaub an der Ostsee

Im Sommer 1961 fuhren wir mit dem Zug nach Großenbrode an die Ostsee. Es war unser erster Familienurlaub am Meer. In einem kleinen Hotel hatten wir ein großes, gemütliches Zimmer mit Blick auf den Fehmarnsund. Das ist der Meeresarm der Ostsee zwischen Kieler und Mecklenburger Bucht, der die Insel Fehmarn vom Festland trennt.

Großenbrode war ein gemütlicher kleiner Ort mit einem tollen Sandstrand. Gleich am ersten Tag gingen wir ans Meer zum Baden. Elfi und Tommy waren hoch begeistert, rannten durch den Sand, fielen hin und wollten sich darüber kaputtlachen. Das Ufer verlief seicht und so musste ich keine Angst haben, dass den beiden was passieren könnte, vor allem auch, weil Elfi gut schwimmen konnte.

Am Kai von Großenbrode legten große Fährschiffe an und
wir entschlossen uns, mit der Theodor Heuss zu fahren. Sie
hatte ein Eisenbahndeck mit drei Gleisen und konnte deshalb Reisezüge transportieren. Zusätzlich besaß sie ein
zweites Deck mit 75 Plätzen für Pkws. Die Deutsche Bundesbahn und die Dänische Staatsbahn hatten ein Abkom-
men geschlossen über eine Fährverbindung von Großen-
brode-Kai nach Gedser auf der Insel Falster in Dänemark.
Bevor das Schiff am frühen Morgen ablegte, wurde es beladen. Wir gingen mit den ersten Passagieren an Bord und
gleich auf das oberste Deck, damit Elfi und Tommy sich
alles genau anschauen konnten.

Sie kamen aus dem Staunen nicht mehr raus, als sie sahen, wie ein ganzer Zug im Bauch des Schiffes verschwand und dort vertäut wurde. Dann fuhren viele Autos auf das Deck darüber. Die wurden dort geparkt und mit breiten Gurten an den Metallösen im Fußboden befestigt. Das wurde gemacht, um zu verhindern, dass bei einem Sturm auf See die Autos hin und her geschleudert würden. Wenn das passierte, könnte die Fähre durch die Gewichtsverlagerung kentern.

Dann hieß es „Leinen los". Die dicken, langen Taue wurden von Matrosen von den massiven, großen Eisenpollern abgehängt und ins Wasser geworfen. Auf dem Schiff zogen Matrosen mit Winden die dicken Seile an Bord.

Dann legte die Fähre ab, Tommy und Elfi waren aufgeregt und riefen: „Schau sie bewegt sich, sie fährt immer schneller". Das war ein so tolles, beeindruckendes Erlebnis für die Kinder, denn sie waren ja noch nie auf einem so großen Schiff gefahren.

Wir gingen in den Speisesaal, um uns zu stärken. An einem großen Buffet gab es viele

verschiedene Speisen, warme und kalte Gerichte, Salate und Nachspeisen. Wir nahmen uns, was lecker aussah und setzten uns an einen gedeckten Tisch. Es fehlten noch Getränke und die holte Kurt für uns. Genüsslich verspeisten wir die Leckereien.

Zum Nachtisch holten wir uns Eis, zur großen Freude der Kinder. Nun musste das ganze Schiff erkundet werden. Auf dem obersten Deck gab es einen sehr großen, breiten Schornstein, mehrere verschieden hohe Masten und noch andere Aufbauten. An der Reling hingen in Metallgestellen viele Rettungsboote, es musste natürlich erklärt werden, warum die da hingen und wie sie zu Wasser gelassen werden konnten bei einem drohenden Schiffsuntergang. Im vorderen Bereich des Decks war die Brücke mit dem Kapitän und den Offizieren, die mit Hilfe von vielen verschiedenen Geräten die Fähre steuerten. Durch ein rundes Guckloch konnten die Kinder hineinschauen. Eine Etage tiefer befanden sich der Speisesaal, die Küche und noch einige andere Räume. Dann kam das wirklich Spannende, das Autoparkdeck. Die Kinder staunten nicht schlecht, als sie sahen wie die Autos sehr dicht geparkt, Stoßstange an Stoßstange, dort standen. Elfi überlegte stumm und Tommy wollte wissen, wie die Autos denn da wieder rausfahren können, weil ja niemand einsteigen kann. Ja das war eine sehr interessante Frage, die Papa löste, bzw. von vorne auf-rollte. Das Eisenbahndeck war die Krönung. Ganz klein standen wir neben den riesigen Zügen und konnten einmal genau die großen Räder mit den Gestängen und allem, was dazu gehörte, betrachten. Auch die Lokomotive wurde be-staunt, denn sie war für die damalige Zeit schon sehr mo-dern.

Nun legte die Fähre im Hafen von Gedser in Dänemark an. Wir gingen wieder auf das Oberdeck um uns anzuschauen, wie die Passagiere von Bord gingen, die Autos rausfuhren und zuletzt der Zug die Fähre verließ. Dann ging alles in umgekehrter Reihenfolge: Passagiere, die Eisenbahn und die Autos fuhren an Bord und das Schiff legte ab. Erschöpft suchten wir uns einen Liegestuhl, um während der Rück-fahrt auszuruhen und die Sonne und das Meer zu genießen.

Unseren letzten Urlaubstag verbrachten wir am Strand. Tommy buddelte Löcher in den Sand und fand es toll, wie die sich immer wieder mit Wasser füllten.

Im Wasser schwammen viele Quallen, die hellen, durch-sichtigen, die sich anfühlten wie Wackelpudding. Ich ekelte mich vor diesen Tieren und Elfi auch. Das fand Tommy lustig und er fischte mit seiner Schaufel Quallen aus dem Wasser. um Elfi damit zu bewerfen. Die rannte laut schreiend davon und Tommy hinterher, bis er lachend zusammenbrach. Dann wurde er von seiner stinksauren Schwester verfolgt, die ihm mit Schlägen drohte. Zum Schluss wälzten sich beide im Sand und fanden es wunderbar.

Da Elfi schon gut schwimmen konnte, ging sie mit ihrem Papa ins Wasser. Die Wellen hoben sie sanft hoch und wieder runter und sie schwamm mit ihrem Papa um die Wette. Als sie nicht mehr konnte, hielt sie sich an seinen Schultern fest und ließ sich ans Ufer ziehen.

Tommy hatte inzwischen ein so tiefes Loch gegraben, dass er sich hineinlegen konnte und nur noch der Kopf rausschaute. Wir sahen die beiden aus dem Wasser kommen und ich hängte ein Badetuch über seinen Kopf und den Sandhügel. Elfi fragte nach ihrem Bruder, weil sie ihn nirgends sehen konnte, Papa lachte und ich tat unwissend. Tommy bekam einen Lachanfall, der Hügel brach zusammen und Elfi entdeckte ihren Bruder.

Das Gelächter war groß, als er von Sand gepudert aus der Höhle krabbelte. Ja, so war mein Sohn, er sorgte sehr oft dafür, dass wir miteinander Spaß hatten.

Dieser wunderschöne Urlaub am Meer war zu Ende und wir fuhren nach Hause.

Die elektrische Eisenbahn

Der Alltag hatte uns wieder und jeder ging seiner Beschäftigung nach. Kurt arbeitete viel, Elfie ging zur Schule, ich versorgte den Haushalt und kümmerte mich um Tommy und Puppe.

Es wurde Herbst und ich erntete im Garten, was reif war. Ich kochte Marmelade, weckte Gemüse ein und verarbeitete Zwetschgen zu Mus. Aus Äpfel und Birnen bereitete ich Kompott, denn das mochten wir alle sehr gern.

Dann hatte ich wieder Zeit für meine Lieblingsbeschäftigung: Handarbeiten. Schon früher hatte ich für meine Kinder viel gehäkelt und gestrickt, zum einen weil es nichts zu kaufen gab und zum anderen weil es mir Spaß machte und die Zeit vertrieb. Viele schöne Kleidchen und Jäckchen mit Mützen hatte ich schon gehäkelt, warme Jacken für Kurt und mich gestrickt. Einige Jahre zuvor hatten wir eine Nähmaschine gekauft und ich hatte bei einer Schneiderin in Kassel nähen und schneidern gelernt. Ich konnte uns komplett einkleiden. Schöne und qualitativ gute Stoffe gab es wieder zu kaufen und ich kombinierte bunte und einfarbige für die Kindersachen. Sehr moderne und schicke Kleider hatte ich für mich genäht und so ging ich mit meinen

Kindern durchs Dorf und wurde beneidet. Das ging so weit, dass mich Verwandte baten für sie zu nähen.

Nun wollte ich uns für die bevorstehenden Fest- und Feiertage schicke Kleidung nähen. Aus königsblauem Kordsamt nähte ich für Elfi einen Rock mit Bolero und für Tommy eine lange Latzhose, die er mit weißem Hemd und Fliege tragen sollte. Elfi bekam ein weißes Blüschen. Auch für mich hatte ich einen schönen, dezenten Stoff gefunden, aus dem ich mir ein elegantes Kleid nähte.

Weihnachten nahte und damit die jährlich wiederkehrende Frage: Was schenke ich meinen Kindern. Elfi wünschte sich schon lange ein Fahrrad und das sollte sie bekommen. Für Tommy ein Geschenk zu finden war nicht so einfach. Kurt hatte die Idee, seinem Sohn eine elektrische Eisenbahn zu schenken. Er war zwar eigentlich noch zu klein dafür, aber Papa würde dann mit ihm zusammen spielen.

Es war einen Kindheitstraum von Kurt, der nie erfüllt worden war. Nun machte er sich an die Planung der gesamten Anlage. Auf einem großen Brett, das an der Wand befestigt wurde, so dass man es runterklappen konnte, sollte eine Landschaft mit Hügeln, Tunnel, Bahnhof, Häusern, See, und Straßen entstehen. Die Gleise verliefen in Bögen auf und ab, verschwanden im Tunnel und endeten im Bahnhof. Kurt und Elfi begannen voller Eifer mit der Gestaltung der Landschaft.

Zeitungspapier wurde in Tapetenkleister eingeweicht und aus der Masse formten sie einen Berg durch den ein Tunnel führte. Als das Gebilde getrocknet war, malte Elfi mit grüner und brauner Wasserfarbe den Berg an. Kurt kaufte eine kleine Lok mit vier Wagen und Gleisen und baute sie vor dem Berg auf. Vater und Tochter saßen neben dem Brett und überlegten. Die gesamte Anlage sollte bis Weihnachten fertig werden und die kleine Lok vor dem Berg sah sehr verloren aus auf dem großen Brett. Elfi sagte: „Papa da fehlt aber noch sehr viel, wir brauchen einen Bahnhof, Häuser, Bäume für den Berg, eine Schranke für die Straße und Laternen." „Ja mein Kind, das hier ist erst der Anfang", sagte Kurt. Also wurde beschlossen, dass wir alle nach Hessisch Lichtenau zum Einkaufen fahren. In dem großen Geschenkeladen gab es eine Abteilung für elektrische Eisenbahnen. Hier suchten wir alles zusammen, was noch fehlte. Tommy und Puppe schauten fasziniert auf die vielen bunten Sachen, Kurt und Elfi packten ein. Zu Hause stürzten sich alle auf die bunten Schachteln, packten aus und diskutierten was wohin sollte.

Tommy wollte mitmachen, wurde aber mit einem lauten „Nein!" von Papa und Elfi daran gehindert. Das konnte er nicht verstehen, er war beleidigt und fing an zu weinen. Ich versuchte meinen Sohn zu trösten und erklärte ihm, dass diese Arbeit für ihn doch noch viel zu schwer sei und dass er damit spielen dürfe, sobald alles fertig ist. Er war erst drei Jahre alt und fand das blöd. Gekränkt ging er zu Puppe und kuschelte mit ihr, sie verstand ihn wenigstens. Papa und Elfi klebten zusammen, schnitten hier und dort etwas zu und waren sehr eifrig bei der Sache bis alles zusammen gebaut war, was wir gekauft hatten. So ging das über Wochen und an Weihnachten war tatsächlich die ganze, sehr aufwendig gebaute Anlage fertig. Die Züge fuhren durch den Tunnel am Bahnhof vorbei und über Straßen mit Schranken und einem Bahnwärterhäuschen. Am Berg wuchsen kleine Bäume, viele verschiedene Häuschen standen entlang der Straße, die von Laternen beleuchtet wurden. Die Kirche stand, wie es sich gehört, mitten im Dorf, gleich neben dem Gasthaus und der Bahnhof am Rand. Auf dem kleinen See schwammen Entchen und ein Fischer in seinem Boot hing die Angel ins Wasser.

Die Freude über dieses tolle Werk war groß, nur nicht bei Tommy. Er saß frustriert auf meinem Schoß und fühlte sich ausgeschlossen. Bei ihm kam die Freude erst, als er einige Jahre älter war und selbst mit seinen Freunden die Züge fahren lassen konnte.

Der Umzug

Endlich bekamen wir die Nachricht von der Fertigstellung der Wohnung in Kassel. Nun konnten wir umziehen in die große Stadt, wo wirklich alles anders war als in unserem überschaubaren Dorf.

Wir richteten unsere Wohnung gemütlich ein und schauten uns alles an, was so los war und fühlten uns fremd. Elfi hatte es nicht weit zu ihrer Schule und Tommy ging in den Kindergarten und dann in die gleiche Schule wie Elfi. Meine Kinder wurden älter und selbstständiger und waren irgendwann erwachsen.

Und so enden die Erinnerungen an meine Kindheit und Jugend und an die Kindheit meiner Kinder.

Natürlich gab es in meinem Leben auch Krankheiten, Sorgen, Ängste und trübe Tage. Die habe ich nicht erwähnt.

Meine Kinder sind ihren Lebensweg gegangen, haben geheiratet und mir Enkelkinder beschert. Meine Enkelkinder haben mich zur Uroma gemacht, so dass ich 4 Urenkelkinder habe. Ich hatte ein sehr buntes und bewegtes Leben, auf das ich mit 90 Jahren zurückblicken kann.

Zeitfracht Medien GmbH
Ferdinand-Jühlke-Straße 7
99095 Erfurt, Deutschland
produktsicherheit@kolibri360.de